报告文学

和缘香积阿
—— 四门塔佛头像回归记

刘凤君 著

山东文艺出版社

图书在版编目（CIP）数据

和缘香积阿：四门塔佛头回归记 / 刘凤君著 . —济南：山东文艺出版社，2023.1

ISBN 978-7-5329-6491-8

Ⅰ . ①和… Ⅱ . ①刘… Ⅲ . ①纪实文学—中国—当代 Ⅳ . ①I25

中国版本图书馆 CIP 数据核字（2022）第 228877 号

和缘香积阿：四门塔佛头回归记
HEYUAN XIANGJI'A：SIMENTA FOTOU HUIGUIJI

刘凤君　著

主管单位	山东出版传媒股份有限公司
出版发行	山东文艺出版社
社　　址	山东省济南市英雄山路 189 号
邮　　编	250002
网　　址	www.sdwypress.com
读者服务	0531-82098776（总编室）
	0531-82098775（市场营销部）
电子邮箱	sdwy@sdpress.com.cn
印　　刷	济南龙玺印刷有限公司
开　　本	710 毫米 × 1000 毫米　1/16
印　　张	14
字　　数	150 千
版　　次	2023 年 1 月第 1 版
印　　次	2023 年 1 月第 1 次印刷
书　　号	ISBN 978-7-5329-6491-8
定　　价	48.00 元

版权专有，侵权必究。如有图书质量问题，请与出版社联系调换。

目录

壹	阿閦佛头杳无信　宝岛深夜送佳音	001
贰	青州风格样式美　阿閦佛像传神韵	009
叁	法师盛函诚邀请　教授采石寻基因	019
肆	千古哲人天坛佛　人间净土法鼓山	027
伍	宝岛认亲阿閦佛　圣严诚诺亲送还	033
陆	佛头确认鉴定书　阿閦回归有依据	041
柒	阿閦欲归泉城盼　省府巧遇山大缘	055
捌	省长拍案大好事　佛头回归启开端	063
玖	古像惊动台湾省　岛内赞同捐佛头	069
拾	众员热议佛事定　何人敢阻阿閦归	077
拾壹	法鼓送佛僧众忙　泉城迎圣琼堂就	085
拾贰	圣严如愿送佛像　阿閦圆满回神通	093
拾叁	完美法体尊至善　浴火重生更慈悲	105
拾肆	圣严率众送佛头　泉城人民得尊严	119
拾伍	流失文物要回归　阿閦佛头树典范	127
拾陆	再塑金身阿閦佛　诚心致谢法鼓山	133
附录		143

壹

阿閦佛头杳无信　宝岛深夜送佳音

2002年3月3日晚，仲春温季息宜人，玉月大明光铺地。我住在山东大学五宿舍离马路较深远的5号楼，每晚都是沉闲幽静，天赐读书著文的好时刻。饭后我伏书案翻阅一会儿杂志，忽心悦怡然，铺纸调墨挥笔一幅"善缘好运"，"玉玲，看看这幅字写得怎样？"欲求爱妻再评赞几句。突然，沙发旁小桌上的电话铃响了起来，时钟指在9点整。都说情能遂人愿，心想可事成。五年来，我一直铭心并觅求一切机会，寻找1997年3月7日丢失的济南神通寺四门塔内香积世界阿閦佛（一般可简称香积阿佛或阿閦佛）头像。今晚可能是巧合，也可能是因缘遂成。心中有佛结善缘，天地人和圆好运。

我拿起电话。"喂，请问您是刘凤君教授吗？"我曾三次应邀赴台湾多所大学和一些研究机构讲学，熟悉一些台湾的地方普通话。通话者语音虽清新纯正，但优美悦耳、民歌乐律般的起伏下滑音调，一听就是一位台湾有文化修养的女子。她介绍自己姓陈，在台北她听过我的几次课。

开始几分钟，陈女士询问山东境内的古代佛教造像艺术。交谈中，我感觉她对这一问题并不很熟悉。陈女士突然问山东古代佛教造像艺术丢失的情况，我感到她问话有因。"我的一位朋友从海外买了一件石雕佛头像，有人认为是大陆的。"我立即有所感悟，插问："佛头像多高？"她回答："有50多厘米高。"我惊奇地问："佛头像脖子断茬处是白色的吗？""是白色的！"我没等她话落音，肯定地

四门塔

说:"这是1997年丢失的济南神通寺四门塔中心柱东壁的那尊隋代阿閦佛头像!"陈女士还告诉我,这件佛头像现在放在台北法鼓山文教基金会。

五年的日夜都在思念祈愿、五年的日夜都在觅音求寻。今夜在相隔1500公里的金线电波中,阿閦佛头像化身喜送佳音。我不知说什么更好,只感到最重要的是尽快看到佛头像照片。我请陈女士尽快寄几张佛头像照片,她同意并好像早有准备,也请我把佛头像丢失前后的照片和相关资料,快寄给我在台湾讲学时认识的朋友——台北艺术大学美术史研究所所长林保尧教授。

放下电话,我把这一喜讯首先告诉四门塔文管会副主任刘继文,并请他抓紧准备四门塔中心柱佛像丢失前后的照片和相关资料。"刘老师,您终于找到佛头像了!……"没等刘继文的话说完,我即兴高声吟唱:

泉城痛泣古佛失，

觅信寻音苦断息。

月夜灵犀阿閦语，

弘教渡海法门祠。

我激动和喜悦交织在一起的心情，近20年来一直铭刻脑海深处。在收获得益或失意沉思时，每每想起总能晋升兴致和转化心态境界。

2002年3月10日，我将刘继文准备的四门塔内佛像丢失前后的照片寄给林保尧教授。3月15日，我收到林教授来信和9张佛头像照片。我手捧照片仔细一看，太熟悉了，就是四门塔1997年丢失的那尊阿閦佛头像！一张一张翻动着，看了一遍又一遍。年轻时离家时间一长就思乡，每当收到亲人或好友的照片，总是喜悦开心。一

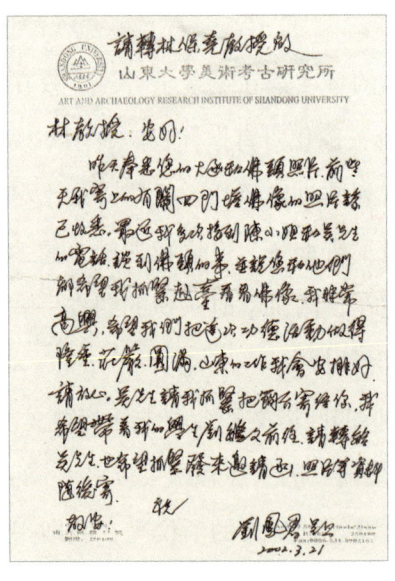

刘凤君教授致林保尧教授函

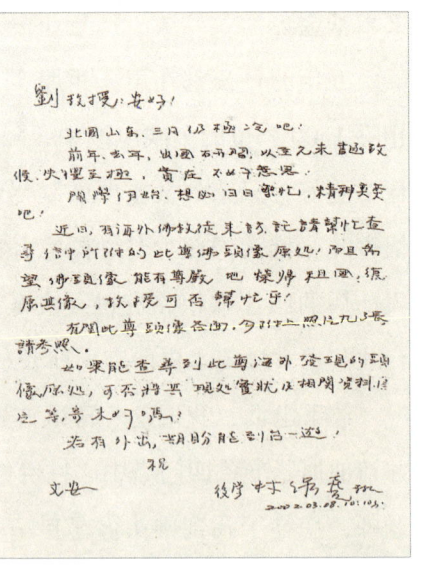

林保尧教授致刘凤君教授函

阿閦佛头像（正面）　　　　　　　　阿閦佛头像（侧面）

会儿捧在手心，对视泪盈眼中，一会儿又贴在胸前，是拥抱更是欣慰。我把阿閦佛头像照片放在胸前，缘享喜悦，更是在祈祷。

3月15—17日，我拿着林保尧教授寄来的佛头像照片，先后到山东省文化厅和济南市文化局等单位，请由少平处长、鲁文生馆长、邹卫平局长、崔大庸副局长、戴月局长和四门塔文管会张立平主任等看照片，他们和我的看法基本一致，都认定是阿閦佛头像。

四门塔内佛像是国宝精品，名扬国内外，其价值无法估量。许多不法分子对这些佛像，特别是对东壁的阿閦佛像觊觎已久。1996年10月8日，不法分子刘某、李某等人窜到四门塔，他们用电锯在阿閦佛颈的前部锯了三道口子后用铁锤敲打佛头像，这次没有将佛头像敲下来。阿閦佛像价值连城，不法分子盗窃之心日日不忘。1997年3月中旬的一天，刘某等人又扛着大锤来到四门塔，准备再

被盗前阿閦佛像

1996年10月被割的阿閦佛像

次盗窃阿閦佛头像。窃贼入堂偷佛像，更有早来盗宝人，他们发现这件佛头像已被别人偷走了。

早在1996年冬天，河北省宁晋县不法分子杨英利和李栓辉等在倒卖文物过程中，认识了济南的韩某。韩某告诉他们，济南四门塔有尊石雕佛像非常值钱。获此信息后，李栓辉、李栓群、柳明奇、杨英利开着卡车直奔济南。韩某领他们来到四门塔，他们摸清了四门塔的地形和路线，看准了阿閦佛像。

1997年3月7日下午4点，杨英利、柳明奇、李栓辉、李栓群开着卡车再次来到济南四门塔附近。到了晚上11时，李栓群、李栓辉、柳明奇下了车，杨英利把车开到距四门塔更近的地方等他们。李栓群三人提着工具到了塔跟前，不一会儿把门锁撬开。他们直接对事先选好的阿閦佛像下手。李栓群、柳明奇爬到佛像的石台上，李栓辉用手电照亮，柳明奇抢锤狠狠地朝石佛头上砸过去。因佛颈早被刘某等人锯过三道口子，只砸了一下佛头就掉了下来。三个人轮流扛着佛头像下山，与停在路边的杨英利会合，连夜返回宁晋县。

他们回到宁晋，将阿閦佛头像藏在柳明奇家中。过了几天，柳明奇把李栓群、李栓辉、杨英利叫到家中,告诉他们佛头像被一个可能是香港来的南方人买走了,卖了6万元,他们每人分到1万多元钱。2002年初,阿閦佛头像从香港辗转到台北法鼓山。

1999年秋天,为了慰寄愧对阿閦佛的沉重心情,济南市四门塔文物管理委员会根据中心柱西壁佛头像的造型,复制一件新的头像安在阿閦佛身上。令人扼腕叹息,"真的阿閦佛头像会笑而复制的不会笑""这件假头连真身的艺术也给糟蹋了!……"这是济南人和每位观赏者的感受真言。

1997年3月7日深夜,天理不容,四名不法分子的铁锤砸掉了阿閦佛头像。国宝丢失,世人震惊。四门塔佛头被盗案引起了国家文物局、公安部及省市领导的极大关注。案发当天,济南市公安局四门塔佛头被盗案专案组成立,公安部向全国公安系统下达了协查的指令。随后,济南警方接连派出十几个侦察小组奔赴全国各地。仅从1997年至1999年间,他们足迹遍及10多个省、市,行程10万

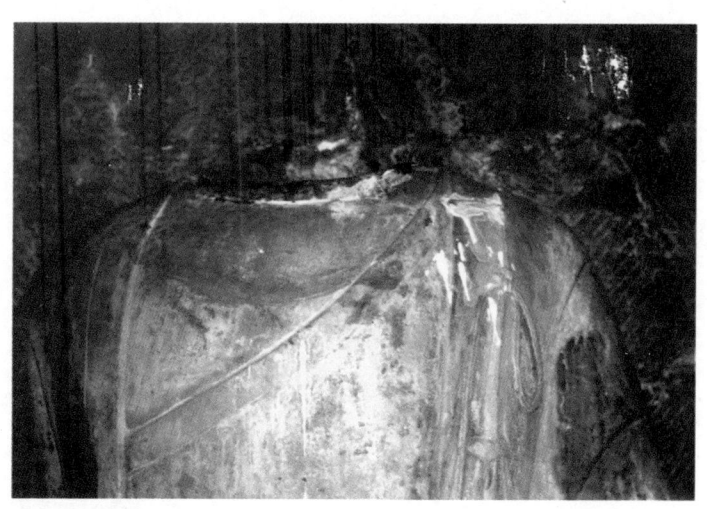

被盗后的阿閦佛像身

多公里，先后抓获了李栓群、李栓辉和杨英利3名盗佛人，但阿閦佛头像仍下落不明。2007年6月，在山东省公安厅、济南市公安局开展的"信息追逃"行动中，民警得知最后一名盗佛人柳明奇近期偷偷回到家。民警迅速赶往河北宁晋县，在当地警方的协助下，将柳明奇堵在他家门口擒获。

专案组成员在寻找阿閦佛头像的日子里，惊遇无数次激怀搏斗壮举，留下了不知多少动人的记忆。

注释：

中华新韵

七绝平起首句押韵

平平仄仄仄平平（韵），

仄仄平平仄仄平（韵）。

仄仄平平平仄仄，

平平仄仄仄平平（韵）。

泉城痛泣古佛失，

觅信寻音苦断息。

月夜灵犀阿閦语，

弘教渡海法门祠。

贰

青州风格样式美　阿閦佛像传神韵

东壁阿閦佛像

南壁保生佛像

　　济南神通寺四门塔内的四尊佛像，即四方佛：东面阿閦佛、南面保生佛、西面阿弥陀佛和北面微妙声佛，在山东佛教造像艺术史乃至全国佛教造像艺术史上都占有重要的地位。在我们济南人眼里，四门塔内的四尊佛像，不但是法苑明珠，也是济南的重要文化名片，更是泉城人的骄傲和精神仰托。

　　山东地区因远在中国的东部，佛教造像艺术发展史比较特殊。虽然东汉时期的汉画像石墓中已发现和尚头像和六牙白象，十六国南燕时期的朗公和尚也在山东中部地区积极传播过佛教，但北魏中期以前的佛教造像艺术发现极少。进入北魏晚期、东魏和北齐之后，山东佛教造像艺术发展非常迅速，以青州地区和济南地区发现为多，特别是青州地区发现的更为丰富典型。

　　四十多年来，青州地区的青州市及其周围的博兴、高青、无棣、临朐、诸城、青岛等县市多次成批出土北魏晚期、东魏和北齐时期

西壁阿弥陀佛像　　　　　　　　　北壁微妙声佛像

的石、陶和铜等质料佛教造像。其中个体石造像发现数量最多、造型最精美、装饰最华丽，代表了青州地区佛像艺术的最高水平。特别是1996年10月青州市龙兴寺遗址出土的大量残石佛像，感动寰宇、震惊学界。这些石佛像有的艺术水平可与古希腊罗马雕像相媲美，改写了世界美术史对中国雕塑艺术的认识，它无疑是研究佛教艺术和世界美术史的重要资料。1996年11月，国家文物局请我鉴定青州龙兴寺出土的佛像，我当即提出：在北魏晚期、东魏和北齐时期，青州地区以个体石造像为主，形成了"青州风格"佛像。[1]其艺术风格与十六国至北魏时期的新疆、凉州、云冈和龙门石窟造像风格显然不同，他的艺术风格主要表现在以下两个方面：

---

[1] 青州风格佛像，参见刘凤君：《论青州地区北朝晚期石佛像艺术风格》，《山东大学学报》1998年第3期；刘凤君：《青州地区北朝晚期石佛像与"青州风格"》，《考古学报》2002年第1期。

山东省青州市龙兴寺出土的东魏石舟形背光佛造像

山东省博兴县兴国禅寺东魏丈八佛立像

第一个方面，北朝晚期正是全国个体金石造像大发展的时期，青州地区的制作佛像运动也就顺应这种主流，主要的人力和物力都致力于雕制三种不同形式的个体石佛像。

一种是举身舟形大背光石造像。这种造像主要流行在北魏末年和东魏时期，一般连底座通高50—160厘米，有的高达300厘米以上。这种造像形制特殊、造像内容丰富、布局合理精致。舟形大背光的中下部多为一佛二协侍菩萨组合造像，主尊佛像高居其中，二胁侍脚踩莲蕊侍立两侧，莲蕊之下雕刻出细微精致的荷叶，荷花与主尊莲台相连，胁侍与主尊之间刻出栩栩如生的飞龙。上部顶部中间多雕饰化佛和卷身奔腾的龙，左右两侧边缘对称浮雕三至五身飞天，组成美丽的火焰纹。佛、菩萨像均为半圆雕或高浮雕，莲花、飞龙用浮雕技法表示，其他内容则多采用线雕技法。正是通过这种圆雕、浮雕和线雕等技法的交融使用，使整体造像呈现一幅主次分明、大小巧配、高低韵致的生动佛国和谐图。

另一种是大型的石雕站立个体石佛像，主要流行在东魏和北齐时期。这种雕像高5—6米，当地老百姓称为"丈八"或"丈九"佛像。博兴县兴国寺、淄博市临淄区西天寺遗址现存的"丈八"石佛像和青岛市博物馆现存淄博市淄川区龙泉寺的"丈八"石佛像是幸存下来的实例。这些大佛跣足直立于圆形莲台上，身体浑重高挺、肩宽胸平，佛面相方圆端庄、慈祥微笑，手势无畏印。著双领下垂褒博带式袈裟，深透挺拔，衣裾垂叠略向外拓展。作工奇巧，艺冠当时，

山东省青州市龙兴寺出土的北齐单身佛立像

山东省青州市龙兴寺出土的北齐单身佛坐像

山东省青州市龙兴寺出土的北齐单身菩萨立像

仍能使今天的观赏者感悟到佛法的威严和慈悲。

　　再有一种是雕造的中小型单身圆雕站佛与坐佛和菩萨像，主要流行在北齐年间。站佛和坐佛均高 1—1.7 米。这些造像基本是对人世间男女的真实摹写，全身比例和现实的人类同。佛头顶雕刻螺髻，皆精准细致。佛面相多是椭圆形，菩萨面相多方圆形，佛和菩萨的五官都端正准确、清秀俊美，神态含蓄大方、多做恬静含笑状。身姿秀美，多无畏印。薄袈透体，造型十分优美，令今天的观赏者赞美叹绝。

　　第二个方面，青州风格佛像不但雕刻技法高超，而且许多造像还保留有艳丽的彩绘和描金。彩绘的颜色均为矿物质材料，以红色为多，多绘在佛、菩萨的脸和服饰，以及背光和头光的飞天与莲瓣上；其次是蓝色，多用来描绘发髻，描绘菩萨的服饰的袈裟方格纹，有的佛像和菩萨的五官亦用蓝色表现；再次为黄色、绿色和黑色等，黄色和绿色主要用来描绘背光的装饰图案和佛与菩萨的部分服饰，黑色则用来画佛和菩萨的五官以及服饰的线条。描金多发现在佛和菩萨的脸、胸前以及手、臂和脚的裸露部位，也有的描在菩萨发髻、项链、腕钏和佛袈裟衣纹处。这些彩绘描金佛像刚出土时，光彩夺目，艳丽无比。

　　济南神通寺四门塔内的四尊佛像，均高约 1.4 米。从佛身残存的彩绘痕迹分析，这四尊佛像当时也应有彩绘。四尊佛像皆为结跏趺坐，手势多作禅定印，身披薄衣透体袈裟，自盘腿垂落至须弥座上层前沿形成层叠折带样。石佛像略高于人体，身体比例标准。面相椭圆形，头顶雕饰螺髻，螺髻高凸精致，五官端正大方，显得非常人情化。以东面阿閦佛像最为典型，阿閦佛的发髻排列有序、横竖成行；面相较丰腴饱满，眉线漫弯修长呈柳叶状；双眼微眯秀畅，活灵活现的人间凤眼形；鼻线挺俊，鼻翼较丰满，宛若人间蒜头鼻；小口唇较厚，线条透晰分明，嘴角微微上扬内敛、露出愉悦纯情之感；下巴圆润秀致，显出喜悦的线条；左右两个元宝大耳，耳垂接近落肩，让人心生敬慕，给人以泰然自若的心灵美感。

四门塔内四尊佛像，特别是东壁的阿閦佛像，不论从整体造像特征、服饰袈裟，还是面相五官、颗粒状螺髻和面容亲切微笑都是继承了青州风格佛像的特点。她们造型生动，适度的身姿动势和美俏的五官与神圣的慈颜，完美地体现了佛教大慈大悲的至高意境。

> 中古倾心佛圣爱，
> 伽蓝室内敬圆通。[1]
> 龙兴美像弘神韵，
> 古塔雕琢逸妙工。[2]
> 绘彩通裟施品貌，
> 描金面相艳丽容。
> 青州样式延传世，
> 不动如来继愿弘。[3]

为了教学和研究，有时也陪朋友为了祈心愿，我经常去神通寺仰拜阿閦佛像和其他三尊佛像。

---

[1] 伽蓝，即佛寺。

[2] 逸妙工，宋初黄休复在《益州名画录》中将画品分为能格、妙格、神格和逸格。能格指准确描绘对象的基本特征；妙格指笔墨精妙、技法娴熟；神格指能够以形传神；逸格指不拘常法、意境高远，"画之逸格，最难其俦"。

[3] 不动如来，即阿閦佛。

记得 1993 年春天，我带山东大学考古专业 90 级学生到四门塔进行教学实习。我当时正给他们讲授"魏晋南北朝和隋唐考古学"，佛像艺术是这部分考古学的一项重要内容。我在四门塔前先给他们讲了一会四门塔和塔内四尊佛像，然后请他们绕塔参观。同学们都兴致浓浓，有的在认真观看画图，有的同学围在佛像前叽叽喳喳讨论。正在讨论的张富强同学突然跑到我跟前问："刘老师，这几尊佛像很美，您为什么说是隋代的呢？"朱明同学也问我："刘老师，当时雕刻这几尊佛像的工匠是佛教徒呢还是民间匠师？"女同学李惠跑过来问我："刘老师，我看这四尊佛像雕刻得不一样，不像一个匠师雕刻的。为什么东面的这尊好像更精美呢？"我对同学们提的问题一一做了解答，但同学提的这几个问题在我脑海中思考了好长时间，琢磨久了，对四门塔内四尊佛像有了更深刻的认识。

好像是在 1995 年秋天，我陪老朋友王经理来到四门塔，就像每次到四门塔一样，我转走四门塔的每一个门，仔细观看门内的每一尊佛像，琢磨她们的雕刻技法，观察身体的均称比例，端详佛的面相和美俏的五官，还细细慧通佛的祥和情感和慈悲心怀。"教授老弟，我看这尊佛像更祥和慈悲！"王经理突然大声喊我，我猛一回头，看着他正指着东面的阿閦佛像问我，我微笑着点了一下头。王经理掏钱买了三炷高香敬烧在阿閦佛像前的香炉中，跪拜祈求心愿。香在微微燃烧中，香灰长长高挺不倒。王经理高兴地跳了起来，"好啊！我烧的香灰高挺直立不倒，我今年会有好运！"

相识相知的艺术神交阿閦佛的头像随魂远游，每当再拜阿閦佛像时，总在无限思念中又与阿閦佛头像清晰面视，她仍在慧心说法度众，只是不知魂落何乡。

注释：

中华新韵
七律仄起首句不押韵
仄仄平平平仄仄，
平平仄仄仄平平（韵）。
平平仄仄平平仄，
仄仄平平仄仄平（韵）。
仄仄平平平仄仄，
平平仄仄仄平平（韵）。
平平仄仄平平仄，
仄仄平平仄仄平（韵）。

中古倾心佛圣爱，
伽蓝室内敬圆通。
龙兴美像弘神韵，
古塔雕琢逸妙工。
绘彩通裟施品貌，
描金面相艳丽容。
青州样式延传世，
不动如来继愿弘。

叁

法师盛函诚邀　教授采石寻基因

阿閦佛头像被盗远离故乡，先落难香港，后又漂流台湾，法鼓山文教基金会董事长圣严法师收容了她。隔海天涯无故人，日夜思念怀泉城。也可能是无法说清道白的缘故，1997—1998年，经台湾东海大学姜一涵教授努力促成，山东大学美术考古研究所先后两次举办"海峡两岸美术考古研究生培训班"。幸运结缘，我在1999年3月至2001年1月，连续三次应邀赴台湾多所院校和研究机构讲学，讲学内容主要是美术考古和古代佛像艺术，结交了许多教授学者，也授课与有缘人。

有一件铭心难以忘怀的事。1999年12月19日，我第二次应邀乘机到香港国际机场，然后乘轻轨至香港金钟站，前往1华里外的中华旅行社办理入台手续。我竟然迷了路，转了1个多小时都没找到中华旅行社。转急了，也累了，索性回原地铁出口休息轻眠一会儿，才找到就在附近的中华旅行社。2002年7月，我应邀赴台鉴定阿閦佛头像，知情人告诉我，当时阿閦佛头像就在香港，今天想来仍感奇异不解。真是：

> 漂洋海岛孤独影，
> 日夜思乡望断天。
> 故地亲人寻觅已，
> 同城异域未遂愿。

不管是何种原因，同城擦肩而过未相见，想起来就欲泣泪颜。

我在台湾三次讲学和转机香港时，特别留意各收藏家和文物市场大陆流失过去的文物，总抱侥幸心理，想见到或打听到阿閦佛头像的信息。我专门参观过香港历史博物馆、台北故宫博物院，以及较多私人博物馆和收藏室，如震旦文教基金会博物馆和观想艺术中心等。在参观私人博物馆时，适逢在伦敦大学学院攻读考古学硕士学位的徐雅清探亲回家，她知道我寻找阿閦佛头像的心愿后，主动联系并陪我参观多家私人博物馆。

2002年初，圣严法师的弟子吴文成居士等，获悉法鼓山正在建设较大规模的佛教历史博物馆，即表达愿捐赠他们在海外买的古石雕佛头像。圣严法师当即致意："希望能查出佛头像的出处，佛身安在与否？若能让佛头像回到原处，恢复旧观，远比将其留在法鼓山更具有意义。"[1]根据法师弘示，吴文成和林保尧决定请我帮助圆满宏愿。

4月初，接到圣严法师邀请我赴台鉴定佛头像的函。函中说："本会拟邀请您于今年6月底来台5天，以协助一疑为山东四门塔佛教文物之鉴定与查考，并作相关之学术交流。"我拿着邀请函，首先向学校有关领导做了汇报，并在几天之内和省内相关单位的负责人交谈了这件事。领导们都认为"四门塔阿閦佛头像如能回归，意义重大"，表示支持我赴台鉴定与商谈阿閦佛头像事宜。

我的亲朋好友知道我要赴台湾鉴定1997年丢失的佛头像，多数

---

[1] 隋代古石雕阿閦佛头像复归纪实编辑小组：《隋代古石雕阿閦佛头像复归纪实》第8页，台北，法鼓山基金会，2003年。

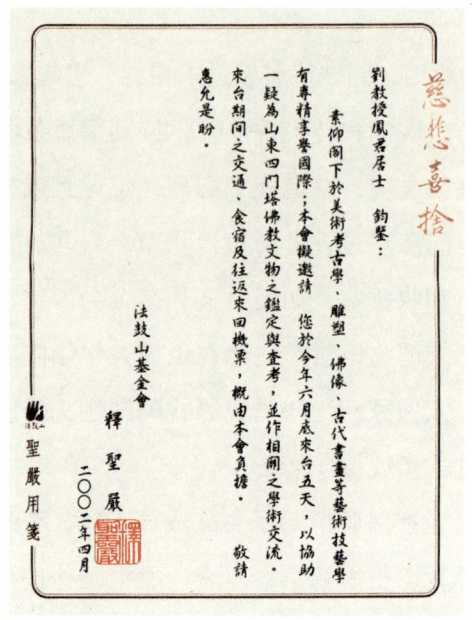

2002年4月,圣严法师给刘凤君教授的邀请函

都劝我不要去：一是佛头像丢得很曲折,也很惊险,是件不安全甚至会有危险的事情；二是现在仿品很多,都担心我如果鉴定不准,会误了大事,自己也将授人以柄,自损美术考古学者盛名。我当时一心想亲自鉴定阿閦佛头像,如果确认,一定把她请回来,根本听不进亲朋好友的劝告,都说我是佛附体痴迷了。也有一些朋友支持我,一天晚上,跟我学太极拳与太极剑的几位道友,在历城宾馆设宴祝贺我将赴台鉴定佛头像。年长的老耿先致贺词,随着贺词越说越动听。孔微的话引起了我思考,她说："刘老师,我们都相信您。您的剑法出手稳健,击点准确,您的鉴定也会和您的剑法一样,准确无误。""出手稳健,击点准确",给了我启示。鉴定佛像也是一样,要稳健从事,找准鉴定要点。

手捧圣严法师邀请函,"这可是一件很严肃的大事,同意赴台鉴定,就必须有把握做好!"我时刻提醒自己。因为美术考古学的研究,知心朋友美言赞我"平时总见谈笑语,每临大事不糊涂"。几天时间里我无心笑语,食未觉其味,夜不能入眠。古人梦中学三斧,昼夜的苦思,提醒自己做好三件事:

一、圣严法师邀请我赴台鉴定,我认为最好带1名助手同赴台湾较妥当,他可以证明我在台湾做的事情,有些问题也可互相商量。有些人知道我的想法后向我自荐,我认为请四门塔文管会副主任刘继文做助手同去台湾更好:一方面,他熟悉四门塔情况,随时可以交流;另一方面,刘继文摄影技术很好,可以随时摄影留下第一手资料。4月18日,我和法鼓山文教基金会秘书处通电话,说明我的心愿。5月8日,圣严法师亲书大函同意我带助手刘继文赴台。我们在台湾期间,有许多事情我请教刘继文都得到理想协助。鉴定阿閦佛头像期间的照片,绝大多数都是刘继文拍摄。

二、为了准确无误鉴定阿閦佛头像,自5月3日起,我和刘继文多次进四门塔内观察各尊佛像,耳边常响起孔微"出手稳健,击点准确"的提醒,对各尊佛像的尺寸、服饰特点、刀法技巧以及各部位的质感效果和不同角度的视觉感受,特别是对东壁阿閦佛颈部的锯痕、断茬细微特征和神秘的水流浸痕等都进行分析记录并牢记心中。5月11日,我在佛台上正观看阿閦佛像。突然,我脚一滑,身体猛一下摔在阿閦佛像跟前的座台上,磕在座台边上的左腿摔伤了几处,10多天不能自由行动。养伤的时间里,我在反省自咎:可能因为我贸然不敬,爬上了佛座台与佛平起平坐;也可能是阿閦佛像急盼自己头像回来完备法体,责示我为什么还没找回她的头像。

三、四门塔内佛像所用石材来自哪里始终是个谜。我根据多年

2002年6月4日，刘凤君教授在四门塔内观研阿閦佛像

刘凤君教授在四门塔附近青龙山上寻找雕造阿閦佛像的石材

对全国各地佛像调查和鉴定的经验，认为个体石佛像一般都是用本地石材雕成，四门塔石佛像也应该不例外。6月4—5日，我和刘继文在周围山上调查了两天。第一天下午4点左右，我们在距四门塔约1000米的青龙山顶的一个石坑内找到了类似雕刻塔内佛像的石头，该石坑是采石形成的。我们拿着一块石料跑到四门塔内，和佛像石料进行比较，结果发现石头的硬度、颜色和密度都相似，只是没有里面的结晶点。第二天下午3点，我们在四门塔北60米山坡上的小宋塔跟前找到了雕刻佛像的石材。小宋塔的底座就是利用以前采石剩下的一块立石雕制而成。我们取回一块样本跑到四门塔再和佛像比较，石材一模一样，我们认为找到了阿閦佛头像的嫡亲血缘。

注释：

中华新韵
七绝平起首句不押韵
平平仄仄平平仄，
仄仄平平仄仄平（韵）。
仄仄平平平仄仄，
平平仄仄仄平平（韵）。

漂洋海岛孤独影，
日夜思乡望断天。
故地亲人寻觅己，
同城异域未遂愿。

肆

千古哲人天坛佛　人间净土法鼓山

2002年7月16日，我和刘继文赴台鉴定阿閦佛头像。临走前，我将采到的雕刻四门塔佛像的一块石材分为两小块，一块题字留在家中纪念，另一块带在身上。一路上我手捧小石头，一会儿脑海中在念叨阿閦佛身脖子断茬处的形状、尺寸、锯痕和几处很神秘的水流浸痕；一会儿又在反复念想：这件佛头像真的是四门塔的阿閦佛头像？如果是真的，法鼓山能不能捐赠给四门塔？法鼓山如果同意，台湾当局能不能批准？如果台湾当局能批准，阿閦佛头像又能不能顺利回归四门塔呢？想着想着信念得心，恍若入定，看到阿閦佛头像已在微笑相迎。

一路上，我将那块小石头放在手提包里，时不时摸一摸、看一看，还常念叨阿閦佛身颈部断茬处的一些特点。越摸看、越念叨，对鉴定阿閦佛头像越有信心，因为这块小石头是阿閦佛头像嫡亲血缘的基因密码。时间过得真快，感觉还没看小石头几次，飞机就降落在东方明珠大屿山赤鱲角机场。

7月17日，我们参观香港

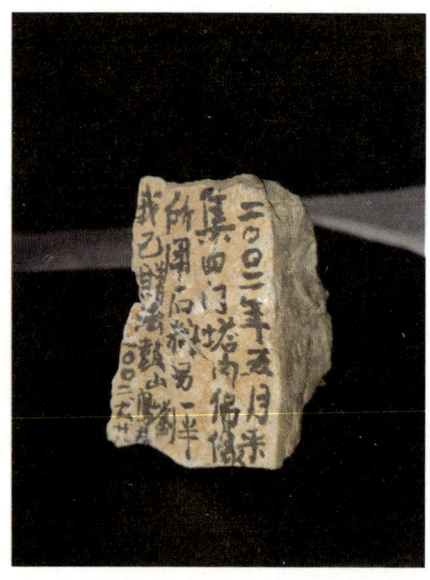

2002年7月28日，刘凤君教授在留在家里的小石块上面题字

2002年7月17日，刘凤君教授在香港天坛佛像前

天坛大佛。该大佛建于20世纪90年代初，坐落在香港大屿山木鱼峰顶宝莲禅寺前，因其基座仿照北京天坛设计建造而成，故名天坛大佛。大佛右手势无畏印，结跏趺坐，坐南面北朝向全香港。该青铜佛重250吨。佛像耸天挺立，高23米，下有莲花座。佛面重5吨，在浇注时加入2千克黄金。满面黄金彩，庄重更慈悲。

近几个月来，为了赴台鉴定四门塔阿閦佛头像，我经常细看台北艺术大学林保尧教授寄我的阿閦佛头像照片，无数次跑到四门塔内观看分析佛像，渐渐对佛像产生了一种特殊的神秘敬畏心情。不但为古代佛像艺术的精美、慧灵和神圣而铭心，而且还感到自己与佛结缘情深。现在又要赴台鉴定四门塔阿閦佛头像，一切惠在弘意巡礼的岁月福泽中。这次仰拜天坛大佛，佛像的尊严和惠赐我们的智慧与慈怀，妙谛永恒。天坛大佛神和阿閦佛像，皆为千古哲人。

18日上午11时，我们乘机到达台北桃园机场。法鼓山文教基金会姚重志、赖沛琳、祁止戈和吴文成居士在机场迎接。见到居士们格外亲切，圣严法师在4月给我的邀请函迎首称："刘教授凤君居士钧鉴"。圣严法师呼我"凤君居士"，我非常高兴。法鼓山文教基金会秘书长果肇法师告诉我："师父很少称别人为居士，他称您居士，说明师父对您感情很好。"听果肇法师这番话，感觉自己更深结佛缘，即愿把自己的号遂缘"神通居士"，因为四门塔阿閦佛像是供养人在神通寺的结缘功德。

我们高兴地互相介绍和问候，赖沛琳居士突然跻身我跟前，双

2002年7月18日，刘凤君教授（中）和刘继文副主任（左二）到达台北桃园机场，法鼓山文教基金会副秘书长姚重志、高级专员赖沛琳（右二）、专门委员祁止戈（右一）和佛教专家吴文成先生（左一）在机场迎接

手合十，红晕细白椭圆脸的腮帮上天生迷人小酒窝，一双美奂凤形的眼睛含情神注。她唇未启，已传递了深深祝福："刘教授，我是法鼓山秘书。我看过对您的介绍，我崇拜您！师父（圣严法师）称您居士，我虽小，可您得叫我师姐啊！"青春女孩一阵古筝韵律般的咯咯笑声，温馨了我们每个人的心田。

下午3时40分，我们到达法鼓山。法鼓山正在建设过程中，塔吊林立，机器轰鸣，我们在已建成的国际会议中心楼休息一会儿，然后随着姚重志、祁止戈和吴文成等导引参观法鼓山。法鼓山是台湾佛教三大道场之一，另两处佛教道场分别是佛光山和慈济。法鼓山的发源地是农禅寺，是由中华佛教文化馆的开山长者东初老人于1971年在台北县北投购地所初建。1977年东初老人圆寂后，由圣严法师接掌管理。圣严法师于1989年在台北县金山乡购地创建法鼓山。

"法鼓"一词，多见于佛典中。如《妙法莲华经》云："惟愿天人尊，转无上法轮，击于大法鼓，而吹大法螺，普雨大法雨，度无量众生，我等咸归请，当演深远音。"所谓"击于大法鼓"，就是敲响佛法宏明，净化人们心灵的鼓声。法鼓山的地理形势也很特殊，高空俯瞰，犹如一个静卧的大鼓，故引佛典之语，取名"法鼓山"。

如何建设法鼓山，圣严法师曾组织专家团队对北京和山西等省市的古代寺院进行了考察，回台湾后制定了一套具有自己明显风格的建筑群体。法鼓山第一期工程动土于1993年，至2002年已建成图书资讯大楼、国际会议中心楼和男女众生活区等。法鼓山的建筑以素朴大方与自然融为一体为美，通用朴实方正的砖墙和简单的灰、黑、蓝、白与砖红等色彩，没有奇特华丽的造型，也没有绚丽多彩、哗众取宠的装饰，仅仅利用门窗等框架结构与自然的山水美景浑为

法鼓山

一体，呈现的是一种简洁自然却又是无穷深邃的境界。法鼓山的建设还取法中国古道场，在大殿正下建一地宫，1996年举行奠基大典及地宫安宝仪式，将三百多件佛教典籍和文物保存于内，并明确注明在公元三千年时才能开启，此举为后人留下了一批珍贵的文化遗产。

圣严法师常说："法鼓山为社会带动良好风气，提供有利的修行方法，这是我们的贡献。"法鼓山的理念就是"提升人的品质，建设人间净土"，计划将法鼓山建设成一座世界性的佛教研究、教育、修行和弘化中心。

法鼓山寺院地势与济南神通寺的地势十分相似，也是坐北朝南，南半部分是寺院，北部也和神通寺雷同，是一条深远的大山沟。南半部分寺院的两侧同样是青山怀抱，自然植物丰富茂密，潺潺流水的清溪飞绕山间。前面的大门是东西两山向中间收缩的地方，大门前面是一个较开阔的山间小平原。法鼓山势地理美，初始就似神通寺。

伍

宝岛认亲阿閦佛　圣严诚诺亲送还

18日下午5时5分，我们乘车前往农禅寺。从台北金山乡法鼓山到北投大业路农禅寺，需经过阳明山，道路迂回曲折，坎坷不平，但沿途风景优美，格外赏心悦目。下午5点40分，我们到达农禅寺。东初老和尚建寺初期，为了效法唐代百丈禅师所创立的丛林制度，希望弟子务农维生、以禅修的生活为家风，因此取名为"农禅寺"。1985年，圣严法师扩建，该寺也渐渐地发展为各种佛教修行活动的场所和培养弘法和护法人员的重要寺院。

我们在姚重志、祁止戈和吴文成等引领下走进了农禅寺会客室。法鼓山各部门的负责人都在等候我们。不一会儿，圣严法师走了进来。边走边说："刘教授、刘主任，我们等你们好久了！"边说边伸出热情的双手。

圣严法师1930年出生于江苏南通狼山前的小娘港，俗名张保康，13岁在南通狼山的广教禅寺出家。1949年从军到台湾，服役10年后再度出家，在台湾南部的山中苦修6年，完成9种佛教著作。1969年，赴日本东京立正大学深造，1975年荣获博士学位回台继续弘法传教。

圣严法师以其深厚的禅修经验、正确的禅修观念和方法指导东、西方人士修行，每年在亚、美、欧等地主持各种禅法活动，注重以现代人的语言和观点弘传佛法，陆续提出"心灵环保""四种环保"和"心六伦"等社会佛教文化运动，培养现代人具体可行的人生观

2002年7月18日，刘凤君教授（中）和刘继文副主任（左）向圣严法师（右）敬赠礼品

念与修行方法，许多名人都得到过他的教化。

圣严法师还是禅宗曹洞宗第五十代传人、临济宗第五十七代传人和法鼓山的创办人。他倾生弘佛，高厚大德，是佛学大师和著名的教育家、思想家和作家。他通晓中日英三种语言，著书40余种。我们在教学研究过程中，常常谈笑有鸿儒。今天迎面走来的大德鸿释、弘风儒雅、气惠神通，顿觉一股美善慈念沁心冲怀、心灵溪净、真实不虚。

下午6时10分，圣严法师为我们举行接风晚宴，共12人，有圣严法师和我、刘继文、吴文成、慧敏法师、果肇法师、果贤法师和台北艺术大学林保尧教授、法鼓山文教基金会护法总会陈嘉男会长、中华佛学研究所李志夫所长、中华佛学研究所图书资讯馆杜正民馆长、法鼓山人文社会学院曾济群校长。圣严法师主持，请我坐

刘凤君教授（右）在台北 农禅寺向圣严法师（左）赠书

主宾。法师指着站在旁边的吴文成说："吴居士，这件功德因您而起，您坐副宾陪刘教授。"听圣严法师释语，我方明白四门塔阿閦佛头像是吴文成推荐数位善心居士，和惠解囊供养佛头像上的法鼓山。

吴文成先生有着台湾本地人淳朴的斯文气质，缘成宣传佛教"善"精神的佛教徒。他的功德主要表现在两个方面：第一，他多年学习佛教文物，经常到大陆和印度、东南亚及日、韩等地巡礼仰观佛教圣地古佛像，并成立鹿野苑艺文学会，推广宣传中华传统佛教艺术；第二，他致力于大陆流失海外佛像回归盛举。除四门塔佛头像回归因他而结神缘外，2016年星云大师举办"金身合璧　佛光普照——河北幽居寺佛首捐赠"，他也参与幕后的推荐与鉴赏等慈怀义举。

吴文成居士尊奉师命，嘉宾如意满座。一杯激神浓香的草茶放到我面前。圣严法师笑着对我说："刘教授，请尝尝我们法鼓山自己种的香草茶。"香草茶的浓香吸引我不顾烫手端杯畅饮一口，正想美美品韵。圣严法师侧身急切问："刘教授，我们请你来鉴定一件我们都初步认为可能是你们四门塔的佛头像，你明天就会见到。你怎样鉴定？用什么方法来证明是四门塔的佛头像呢？"

法师一问，虽然感觉突然，但不知什么力量赐予了我，脑清心静，语出有神助："法师，我们是来认亲的，阿閦佛像就像我们的亲人一样。她的头像丢失了，流落到台湾宝岛，法师您收容了她。丢失前我们常常看她，太熟悉了，只要一见到她，我们就认得出来，我们都盼她早日回家！"

落住话音，我感到胸宽心亮、诚信厚力。阿閦佛头像已远游五载，游子思亲，急盼与佛体合善，她大德同尘赐我慧敏灵语。每每想起

在台北农禅寺圣严法师（中）设晚宴为刘凤君教授和刘继文副主任接风

和圣严法师的这次对话，总为自己与佛的深结情缘、思逸神超而激动自豪。

圣严法师也为我如玉连珠的慧言妙语所感动，听到"我们是来认亲的，阿閦佛像就像我们的亲人一样"，立刻动情。因听得认真，他手中举着的茶杯竟然忘记放下，听完我回答，忽落茶杯发出"砰"的声响，连连点头说："好！好！刘教授你是来认亲的，明天你就会见到佛头像，但愿她就是你的亲人。如果是你的亲人，我会亲自把她送回去。"

听到法师的至言诚诺，我感到圣严法师厚德宏广、亲切近人。我与法师的对话，赢得了在座所有人的赞语。大家都是炎黄子孙，一谈到亲人，都心心相印，融为一家。我来认亲人，法师诚诺送亲人，是晚宴始终的亲热话题，也是阿閦佛头像回归过程中最深情的发愿祝语和动人的亲缘灵犀神和。

> 农禅宝宇香茶迎[1]，
> 妙语辞珠两岸情。
> 日暮亲人宾玉刹[2]，
> 金言法圣铭史星。

---

〔1〕宝宇，对寺院的尊称。唐王勃《德阳县善寂寺碑》："晨光转卉，翻宝宇之龙花；溽露低枝，荡真文于贝叶。"

〔2〕玉刹，对佛塔或佛寺的美称。南朝梁刘潜《平等刹下铭序》："因使金表争构，玉刹竞修。"

注释：

中华新韵
七绝平起首句押韵
平平仄仄仄平平（韵），
仄仄平平仄仄平（韵）。
仄仄平平平仄仄，
平平仄仄仄平平（韵）。

农禅宝宇香茶迎，
妙语辞珠两岸情。
日暮亲人宾玉刹，
金言法圣铭史星。

陆

佛头确认鉴定书　阿閦回归有依据

19日早8时,我们在果肇法师带领下来到台北中山精舍。中山精舍位于台北市的中山区民权东路,是台北市的一个小风景区。该精舍秉持圣严法师的理念,以心灵环保为主轴,主要教育与引导小学生用智慧爱众生,开设《童话新视野》和《人类新生儿的诞生》等课程。课程知识活泼有趣,带领孩子探索生命的意义与价值,学习做一个有智慧有大爱胸襟的人。

果肇法师告诉我:"师父先做点事,一会过来。"刚一进大厅,

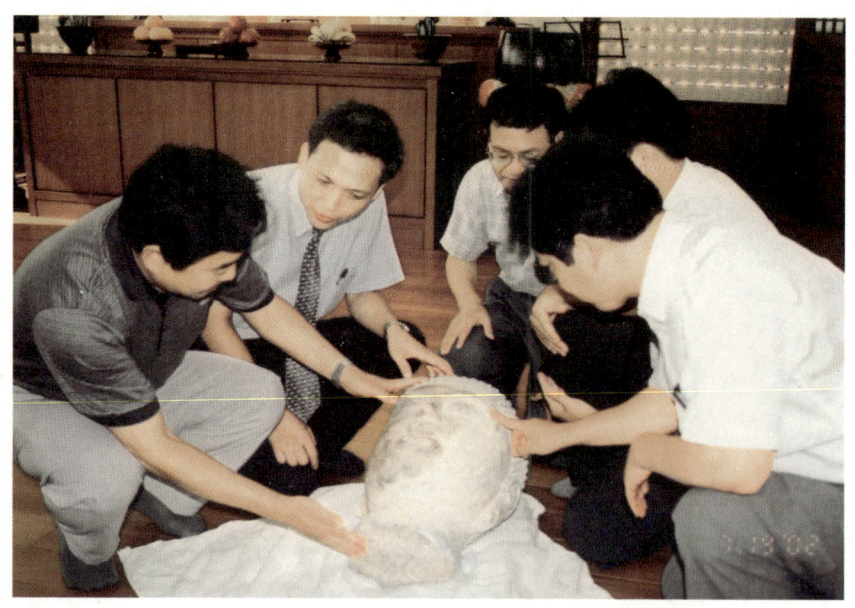

2002年7月19日,刘凤君教授(左)在台北中山精舍见到阿閦佛头像

刘凤君教授（右）在台北中山精舍见到阿閦佛头像

我一眼看到放在地上的佛头像，走近一看，她就是我们的亲人，是1997年四门塔丢失的阿閦佛头像。感恩今晨殊缘，远在异乡宝岛相见。一步走向前，双手摸着阿閦佛头像，泪盈模糊，已不纯是信徒对佛像的神秘崇拜，而是久别亲人重逢时的热情拥抱；再摸颈部断茬残石棱角，如穿心胸。失职愧咎，痛心泫然泪下。

我和果肇法师及姚重志、赖沛琳居士等将佛头像高放到一张桌上，两家电视台已架机准备全程录像。果肇法师请我鉴定佛头像，我往佛头像跟前一站，在场的人都指着我好奇地笑了，笑得是那样的开心甜蜜。我有点不知所措，果肇法师微笑着解释："大家都笑你长得和这尊佛的面相一个样。"在很长一段时间里，大家都说我的长相和阿閦佛的面相亲似。直到今天，朋友们还常说我有佛相。可能是：

刘凤君教授在台北中山精舍鉴定阿閦佛头像

诵若禅经仪相好，

得心自在面佛缘。

盈怀认亲浮屠圣，

静侣供俗法喜圆。

我拿出随身带去的小石头与阿閦佛头像反复比较、利用所掌握的一切资料，进行仔细对照分析。我首先端详佛头的大小和整体造型，特别是面相和五官特点，它与阿閦佛身像非常相配协调；再看佛头像的雕刻，刀工的刻法和打磨技巧，与佛身的刀工刻法和打磨技巧完全一样；我拿着小石头与佛头断茬处比较，发现两者的整体特点和纹理、色泽、硬度等方面完全一致；我又测量佛头颈部断茬处的周长,与佛身颈部断茬处的周长是一个尺寸;再仔细观看佛颈被盗者砍的刀痕,无论是位置还是深浅程度都与佛身颈部的刀痕位置和深浅程度相互印证,是同一个刀痕;我根据记忆,在佛头颈部寻找与佛身颈部相连的几道流水痕迹时,在靠近耳部的一道水痕找不到,我转动佛头,这道水痕线在明亮的光线下看到了。可能是因为五年来人们经常摸这个地方,摸得要比佛身颈部的水痕淡化了较多,但上下是密切衔接。

通过以上仔细分析研究,我确认这尊佛头像就是1997年丢失的济南神通寺四门塔内塔心柱东壁阿閦佛头像。我拿着小石头,回过头来面对大家和录像机,把一直高兴紧张的心缓缓沉静一会儿,向大家宣布:"这尊佛头像就是1997年我们四门塔丢失的阿閦佛头像!"激动的掌声,长久回响在大厅里。

刘凤君教授在台北中山精舍鉴定阿閦佛头像

刘凤君教授在台北中山精舍鉴定过阿閦佛头像后，圣严法师（左）拜佛

不一会儿，圣严法师来到鉴定现场，紧跨两步站在阿閦佛头像正前方，恭立向佛头像合十。圣严法师的合十，功在佛规致远中，神姿壮美，致意真诚。他双脚开合有度，挺胸收腹，双臂微微拓展，两掌微虚合拢举在胸的前上方，眼睛下视指尖。合掌心愿后，圣严法师再行五体投地跪拜大礼。圣严法师的合十跪拜恭敬标准，尽显大师功德风范。

我经常回忆圣严法师的合十，有时在考察研究佛像的过程中模仿圣严法师的合十，体会到是一种功德修养、心静向善的仪礼法规。合十就是和合法界于一心，人仰佛悔悟，禅心妙谛尽在心中；人与人相交合十，诚意祝福、互助共享，众缘和合相生。

圣严法师跪起，转身拉我走到阿閦佛头像前，双手慢慢做个摸佛头像的动作，对我说："他们跟我多次谈这尊佛头像，我认为和我的头差不多大,今天见到了,原来比我的头大多了。"法师以前不见阿閦佛头像,因为时下仿假乱真,在专家还没有明确鉴定为真品前,还是慎重不见。我经过认真鉴定,宣布是四门塔丢失的阿閦佛头像,果肇法师电话告诉他,他进大厅便行拜佛大礼。

他高兴地说:"刘教授,你见到亲人了!""是我们的亲人,就是1997年我们丢失的阿閦佛头像。"我边说边拿着小石头告诉法师:"这是在四门塔附近找到的雕刻塔内佛像所用石材,和阿閦佛头像的石材是一样的。"圣严法师拿过小石块和佛头像颈部断茬处认真比对了一会儿,对我说:"真是你们的佛头像,是你们的亲人,你把她领回去吧!"法师忽有所悟,回过头对大家说:"刘教授鉴定是他们的亲人,我要亲自把她送回去!"

10时50分,圣严法师请我做鉴定演讲。我的演讲长达25分钟,主要从以下五个方面分析说明:

一、阿閦佛头像的雕刻技法和比例结构等方面,都与四门塔现存阿閦佛身像一致,也与四门塔现存另外三尊佛像具有同一时代风

在台北中山精舍,圣严法师拿着刘凤君教授带去的小石块和佛头像比对

刘凤君在台北中山精舍鉴定四门塔佛头像并出具鉴定证书

刘凤君教授在台北中山精舍鉴定阿閦佛头像时合影（左起：林保尧、刘凤君、圣严法师、刘继文、吴文成）

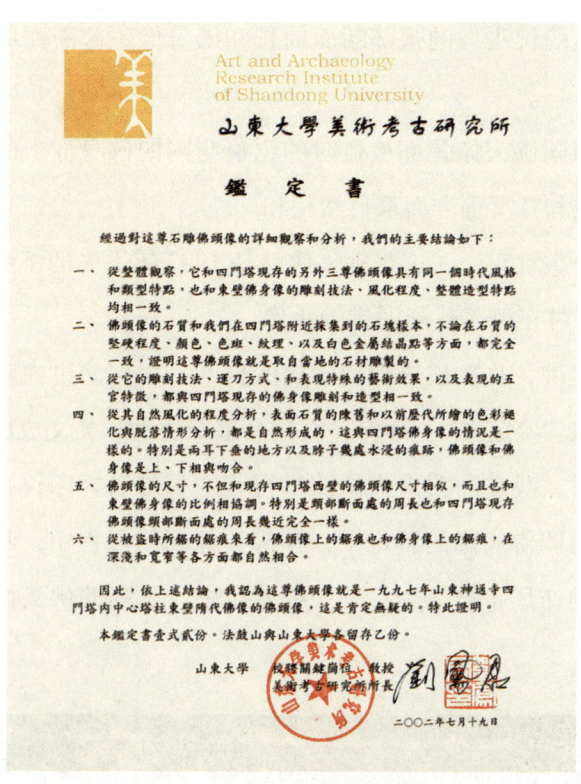

刘凤君教授在台北中山精舍开具的阿閦佛头像鉴定书

格特点。

二、佛头像的石质与我们在四门塔附近采集的石块样本对比，在石质的坚硬程度、颜色、色斑、纹理以及白色金属结晶等方面都完全一致。我们已验证阿閦佛身像就是用这种石材雕刻的，现又证明阿閦佛头像也是用这种石材雕刻的。

三、阿閦佛头像表面风化程度和历代所绘色彩的退化与脱落都是自然形成的，与四门塔阿閦佛身像的这种情况相一致。特别是佛头像两耳下垂的地方与佛身像颈部断茬处的几处水浸痕迹，上下密切吻合。

049

四、阿閦佛头像的颈部断面周长和佛身像颈部断面周长完全一致。

五、阿閦佛头像颈部被盗时的锯痕与阿閦佛身像上的锯痕，在位置、深浅和宽窄等方面都自然相和。

我又一次宣布："这尊佛头像就是1997年丢失的济南神通寺四门塔内塔心柱东壁隋代阿閦佛的头像。"

我的演讲，几次被热烈的掌声所打断。根据演讲内容，我起草阿閦佛头像"鉴定书"，林保尧教授、果肇法师和吴文成居士等同时阅稿。最后，我在阿閦佛头像前举行鉴定书签名押印仪式。这是唯一的一份阿閦佛头像的鉴定书，在佛头像回归过程中，起了重大和不可取代的作用，被誉为："一纸鉴定书，是阿閦佛头像回归的主

刘凤君教授（左）参观震旦文教基金会博物馆时和陈永泰董事长（右）合影

台湾震旦文教基金会藏青州出土的东魏菩萨头像

要依据。"[1]

7月19日下午3点钟，我在中山精舍书写完鉴定书后，林保尧教授陪同我们到震旦集团观看陈永泰董事长收藏的文物。震旦集团总部设在台北市信义路五段二号，是一座非常现代化的国际大楼。我和林保尧教授、刘继文副主任走进大厅时，陈永泰董事长和吴棠海董事已在等候我们。吴棠海是文物鉴赏专家，是陈董事长收藏文物的艺术总监。我们在陈董事长等的引导下，参观了震旦精心设计

---

〔1〕晁明春：《回归的不仅是佛首》，《大众日报》2002年12月27日。

的文物展室。展出的文物很多，木器、陶瓷器和石雕等样样俱全。特别是收藏的山东青州佛像较多，件件都精美绝伦，堪称青州佛像艺术精品。

陈董事长请我们到他的休息室，他从保险柜中取出两件国宝，一件是号称东方维纳斯的东魏石雕菩萨头像，另一件是满身绘画精美图案的卢舍那佛像，两件都是山东青州龙兴寺窖藏出土。菩萨头像美轮美奂，满面透着善诱的哲理，无比动人深思；满身绘画精美图案的卢舍那佛，令观者审美极至，浸沁在高宇的艺术享受中。在青州曾出土几件，现保存在青州博物馆的几件惜色彩图案多已风化残毁，见到陈永泰董事长收藏的这件卢舍那佛像色彩图案保存得还较好，让我为之震惊而窃喜。我当时暗想，满身绘画精美图案的卢舍那佛希望陈董事长继续保存完好，以供今后继续深入研究青州风格佛像用。东魏的石雕菩萨头像我要想办法，在四门塔阿閦佛头像回归济南后，也争取让她回归青州故里，这一念头至今时刻不忘。

20日早8时，我和山东省文物局由少平处长通电话，告诉他昨天鉴定佛头像和出具鉴定书的事情，他很高兴并祝贺我。由少平毕业于山东大学历史系（现历史文化学院）中国史专业，他是我同系不同专业的学生。在阿閦佛头像回归过程中，他对我支持很大，功莫大焉。

7月20日，法鼓山文教基金会对我们照顾周全，安排我和刘继文参观台北故宫博物院，还安排我在台北师大和汉光书会演讲青州佛像与汉代碑刻。

22日下午3时，我们在果肇法师陪同下来到法鼓山圣严法师办公室。一进门看到我带来的那块小石头放在办公桌上。果肇法师对我说："师父希望您在这块石头上题字，留给法鼓山做纪念好吗？"

我很高兴答应，在石头上题："山东神通寺四门塔隋代佛像石料，刘凤君敬赠，2002年7月22日。"不一会儿，圣严法师进来，拿起小石头指着大殿正中的供台说："刘教授，我们把阿閦佛头像捐回四门塔后，我们就把您赠的这块石头供在这个台上。"当时，听到圣严法师的话只感觉他对这次鉴定的重视和满意，对雕刻阿閦佛石料的尊重。回济南后，王荣桥总经理为我接风祝贺，欢语畅饮一杯，高兴地谈起此事。"哎呀！刘教授弟弟不得了，你的大名和那块石头被敬奉在佛堂供桌上，佛会保佑你啊！"听王总一说，如圆美梦：题名有缘感弘恩，留石无意供佛堂。

圣严法师请我们坐下说："我们要通过山东大学美术考古研究所把佛头像送回四门塔，并希望与山东大学、神通寺等单位建立学术合作关系。在台湾，佛头像回归工作我们负责，具体的事情果肇做，重要的事我出面。我们委托刘教授你继续负责佛头像的后续业务工作和这件事在大陆的协调与联系工作。"

7月23日，我和刘继文乘机飞往澳门。圣严法师的嘱托，我感觉巨石压肩。应邀赴台鉴定阿閦佛头像是一个学者的学术活动，法鼓山大佛堂师父面授重任，为续佛缘顶礼拜承。而阿閦佛头像回归是需要海峡两岸共同努力的大事，我回济南后向谁汇报呢？谁能接这个外软内刺的彩球？圣严法师能否把佛头像送回来？飞机在云层里穿翔，想来思去的脑海如云雾般迷茫。

注释：

中华新韵
七绝仄起首句不押韵
仄仄平平平仄仄，

平平仄仄仄平平（韵）。
平平仄仄平平仄，
仄仄平平仄仄平（韵）。

诵若禅经仪相好，
得心自在面佛缘。
盈怀认亲浮屠圣，
静侣供俗法喜圆。

柒

阿閦欲归泉城盼　省府巧遇山大缘

2002年7月23日,我和刘继文从台北乘机到达澳门。在澳门的一天一夜记忆深刻,身上仅剩不到100美元,又举目无亲,幸好早已订了澳门的酒店。如不然,我们会流浪澳门的街头灯下。

在台北时,法鼓山文教基金会秘书长果肇法师提醒我们不要离开台北。7月21日,因刘继文是第一次到台湾,我们悄悄乘自强号火车前往花莲,在朋友陈建明校长陪同下饱览太鲁阁大峡谷壮美景观。

太鲁阁大峡谷国家公园横跨花莲、南投及台中,以地势雄伟、风景壮丽、几近垂直的大理岩峡谷景观闻名,是世界上规模最大的大理岩峡谷。沿着清澈静谧立雾溪的峡谷风景线曲幽通行,两岸皆是壁立千仞的峭壁、悬崖、深谷,连绵曲折的山洞隧道、大理岩层和溪流等风光、景观及水石之美引人入胜,令人神往。太鲁阁峡谷是中国最美的十大峡谷之一,被列为台湾八大名胜之一。

我们尽兴游览太鲁阁大峡谷风景后,再乘自强号火车回到台北酒店时,发现自己背包里的1700美元不见了,衣袋里只剩下不到100美元。以前三次来台湾都没丢任何东西,这次是怎么了?这才明白果肇法师的提醒。阿閦佛头像丢失五年,人人盼她回归四门塔和佛身完美。我是故乡第一位见到佛头像的人,祈祷过、也摸过,就是没有供祭,这理应是留在台湾宝岛的供礼吧。

今天晚餐怎么办?从家临走时,夫人苏玉玲在旅行包内放了几

2002年7月23日，刘凤君教授在澳门大三巴牌坊前留影

个面包和三包豆腐干，因一路吃不愁，总觉它们是包袱。晚上我俩饿急了，藏在房间里吃得真香，这时感到自己细心的妻子真好。

7月24日下午，我们乘机回到济南。第二天上午，我电话和山东大学校长办公室联系，表明我要向校长汇报阿閦佛头像的事。给我的回答是：最近忙于招生的宣传和准备工作，过些天再联系，我心里感到凉冰冰的。应邀赴台鉴定阿閦佛头像，开始是我个人的一项学术研究与交流。我鉴定是真的并开具鉴定书，圣严法师表示捐赠四门塔，并倾心委托我在山东省负责回归的联系和业务工作。天上掉下一个大红包，我高兴地接了，但我个人开不了这个大红包，应该首先找我的学校，难道学校不愿开这个红包或有难度吗？

宝宇佛头勿置疑，
法师愿赠惠弘祺。

057

> 回归故里圆缘愿，
> 大善何人梵宇持？

朋友们得知我回到济南，几天来为我在台湾的担心，化为直接的赞誉和问候。几天的时间里，我接过多少次电话、接待过多少朋友来家亲访、接受多少次盛情接风宴，都记不清了。洗出来的几张鉴定佛头像照片，也被朋友们摸看得残缺不清。

7月28日，我的好友辛戈兄和袁玉森主席、耿建华教授、朱德元先生等诗友为我举行接风午宴。辛戈是典雅浪漫诗的代表人物，他一直是我几次赴台讲学与鉴定佛像的支持者。我赴台鉴定佛头像前两天，他邀朋设宴为我赴台贺行。这次接风午宴，他先稳坐主陪，我刚一进门，他跨两大步站到我面前，"你两手都摸过我们的佛头像吗？"我高兴地伸开两只手并合十，已是习惯性地对这一问话的尊敬回答。"教授兄弟，来！可要抱紧哥哥啊，我要沾沾老佛爷给你的福气！"亲切的语言，狂热的拥抱，说不出来的一种至亲情感。

诗友落座还没举杯，几乎一致地急切问："教授，你见到的佛头像是咱们四门塔的吗？"我拿出几张鉴定佛头像的照片请他们看，他们边看我边讲鉴定佛头像的过程，他们看得着迷，听得也入神。"我们为刘教授的成功鉴定干杯！"随着袁主席激动的倡议声，都顿然举杯齐喊："干杯！"觥筹交错，其乐融融。

很快诗友们静下来，"教授兄弟，台湾能给我们吗？"面对辛戈的问题，我把7月22日圣严法师对我说的话向大家重复了一遍，大家虽没多说话，但不踏实的心形情于色。"还有一个关键的问题，法鼓山愿意把四门塔佛头像捐回来，我们山东省政府能接受吗？"这是在座诗友都想问的一个问题，我和大家都惠商弘辩在对这个问题的反复讨论中。这次接风宴，真是一次如何迎佛头像回归的小型研讨会。

谁来接和解开这个红包呢？经过反复考虑，还得请自己的学生山东省文物局由少平处长出高招。8月5日上午，我专门找他汇报。由少平先请我坐下，恭敬地给我冲上一杯茶说："刘老师，学生首先感谢您在台北第一时间告诉我鉴定佛头像的事！您做的是件文化大事，您有什么想法可以和我谈谈。"我把圣严法师拟定捐佛头像的事告诉他。"刘老师，这件事情我所知道的是比较复杂，神通寺四门塔文物归省文物局，但历城区政府又是它的直接领导，这种关系省文物局不好直接处理。比较好的方案，你可先直接向主管文化的邵桂芳副省长汇报，省里可以协调省内各方面的关系。"学生几句话，如露入心，醍醐灌顶。何人承诺阿閦谛？学生一语解根系。

几天里，我一直在考虑怎样进山东省府，如何向邵省长汇报。我写了一篇较长的汇报，12日上午8点，请我的老乡、省府办公厅高占坤副秘书长接我进珍珠泉山东省府大院并把我送至省长办公区。省长们正在开会，他们的专车都在会议室外等候，高占坤把邵副省长的车牌号告诉我。我走到车前询问司机："请问，邵副省长什么时间开完会？"司机近50岁，方形的脸膛显得很厚道，"为什么找邵省长？"我告诉他为了四门塔丢失的佛头像。"你找到咱们的佛头了？""找到了，现在台湾，我已去鉴定过，我要向邵省长汇报这件事。"司机高兴地说："这是大事啊！他开完会就坐这个车，你在这里等他就行！"在台北鉴定阿閦佛头像时，我说阿閦佛是我们的亲人，立即与台湾的各界专家学者融为一家；今天在省府一谈到四门塔丢失的佛头像，都为之动情，秘书长泄露省长的车号，司机提供接近省长的机会。心心向佛乡情结缘，人人翘盼佛头回归。

我在路边树荫下焦急等待，不敢稍有偷闲。时值秋老虎天气，晴空无云烈日炎炎，照射的人汗水洗面流浃背。已近中午12时，在省府工作的许多厅、处长们，都坐小车接二连三从我旁边呼啸而过。我热累不堪，肚中咕噜声越来越响。我是在自觉做阿閦佛头像回归的事情，骑破自行车来，还要再骑着回家啊！正苦恼攀比，司机突然喊我："省长开完会了，邵省长已经到他办公室。"司机一边说一边指着正北方向的一排房子："他的办公室就在那里，你直接去找他！"我顺着司机指的方向，走到邵副省长办公室门口。屋内中间是一大厅，大厅西侧是他办公室。以前在电视上见过他的形象，他正坐在沙发上和客人谈话，旁边站着一个细高身材的秘书正侧身和他说话。

我怕邵副省长不见，趁他们不注意，直接闯进客厅。秘书急速走到客厅拦我并作解释，我鼎力驻足大声喊："我来向邵省长汇报四门塔佛头像的事！"天不应、地不灵，秘书继续拦着我。心急之下，不知不觉喊出："我是山东大学教授，你为什么拦我！"话音刚落，只见邵副省长立刻从沙发上站起来走到我跟前，左手微一举，秘书站到了一边。"我是邵桂芳，您有什么事？"他很和蔼地说。"我来向您汇报四门塔丢失的佛头像。"边说边把汇报材料交给他，邵副省长仔细看了会我的汇报材料，认真地说："这件事很重要，省委已决定让刚来的蔡秋芳副省长负责咱省文化工作，我已不负责这方面的事了，蔡副省长刚去日本，可能20号左右回来，你抓紧向她汇报，抓紧落实这件事。"邵副省长还很客气地把我送到门外。

我立即找到高占坤副秘书长，向他说明刚才和邵副省长的谈话，并将材料交给他，请转交蔡秋芳副省长。我骑着破车在路旁小店买了个面包，暂且安慰了一下咕噜直响的肚子。回家的路上，一直在考虑邵副省长为什么这样客气。下午，我在和山东大学宣传部孙长俊副部长的电话中谈这件事，孙部长兴致而激动地说："真巧啊！听说前天省委已决定请邵副省长来我们学校担任党委书记。"8月15日，邵桂芳被任命为山东大学党委书记。这次应是巧合，也是殊缘，令我欣慰快意，也让人思绪交感，还是山东大学开始圆我的愿。

注释：

中华新韵
七绝仄起首句押韵
仄仄平平仄仄平（韵），
平平仄仄仄平平（韵）。
平平仄仄平平仄，
仄仄平平仄仄平（韵）。

宝宇佛头勿置疑，
法师愿赠惠弘祺。
回归故里圆缘愿，
大善何人梵宇持？

捌

省长拍案大好事　佛头回归启开端

美丽的济南八月天,浓香的金秋潇洒风。一时间美闻传遍泉城:"刘凤君教授已经找到四门塔阿閦佛头像,圣严法师快要送回来了!"阿閦佛头像是久别的亲人,济南人日夜盼望她回来。

我鉴定法鼓山文教基金会圣严法师收容的佛头像是济南四门塔阿閦佛头像,并开具鉴定书诚信天下。《心经》云:"菩提萨埵,依般若波罗蜜多故,心无挂碍。"圣严法师和法鼓山众慧僧侣承奉鉴定书心明开悟,皆释疑虑。8月17日,法鼓山文教基金会以我的鉴定书为主要学术依据,向台湾地区政府部门提交申请,明德祈许:"愿意无条件将佛首送返神通寺四门塔""让古佛像恢复旧观,为中华历史文化之保存尽一份心力。"

几天前,在省府奇缘巧遇即将上任山东大学党委书记的邵桂芳副省长。想到高兴处时,总觉奇缘之由是香积世界阿閦佛惠赐,阿閦佛头像回归也会心诚遂愿。8月20日,我接到蔡秋芳副省长办公室王健处长电话。王健说蔡省长已回国,她已看过我的汇报,请我22日下午两点到她办公室研究四门塔佛头像回归的事。

蔡副省长亲接圣严法师送回佛头像的彩球,并钦点我商讨佛头像回归事宜。欲成则备至,怀抱彩球投掷的步步过程中,都是相知好友助成。我立即电话联系山东省文物局由少平处长和《齐鲁晚报》记者高祥森先生,请他们22日一起到蔡省长办公室汇报工作和接受分派任务。高祥森先生文笔丰采而又雄健,已是享誉齐鲁大地的名记者。他曾在 2000 年 12 月 29 日《齐鲁晚报》"世纪之梦·家庭"撰文《考古书画两相长》介绍我的家庭,从此相认共识。请他参加,相信他会在今后佛头像回归过程中进行及时与科学的报道。征得他们两人同意后,我又电话与王健处长联系说明并得到他的同意,这次座谈会得益于高祥森先生的专业记录。

8月22日下午两点,我和由少平、高祥森走进蔡副省长办公室。室内显得有点杂乱,四壁的书橱已被前任室主搬空,满地堆放着一捆一捆刚刚搬进的报纸和书刊。蔡副省长见到我们,从她办公桌旁的高背椅上站起来,和我们一一握手。她身材细高,端正的五官与椭圆形脸膛相宜清秀。她语气清雅有节奏感,谈吐字楚句简,保留着教书先生的儒雅韵致。

蔡副省长请我们三人坐她对面的沙发上,省府办公厅张传亭副

刘凤君教授(右)在山东省府蔡秋芳副省长(左)办公室向她汇报赴台鉴定四门塔阿閦佛头像事宜

主任和张健处长坐在旁边的椅子上。我往沙发上一坐，屁股好像一下子做到了木桶内。原来省长办公室沙发也简陋到如此，可能前任室主接待客人太多了。

"刘教授，你辛苦了！我看过你关于四门塔佛头像鉴定与法鼓山文教基金会想捐赠送回的报告。原初你是作为一位著名学者应邀前去鉴定和研究他们收容的一件佛头像，你不但做出了精准鉴定，认准是我们四门塔的阿閦佛头像，出具鉴定书，而且认为你是来认亲人的，感动了圣严法师和台湾的朋友们。圣严法师可能改变了原来的计划，立即当众做出赠还四门塔的决定，并请你继续负责回归的业务和联系工作。你为我们济南、为我们山东和我国的佛教事业做了一件大好事，我们应该感谢你！"我们听到蔡副省长的这番实在中肯而又真挚热情的谈话，都面视喜悦，传递着对领导高屋建瓴、求实开怀的敬意。我应邀赴台鉴定佛头像，蔡副省长用短短几语总结得如此精炼、深邃入境。几个月的攒忙苦累，说不出到不来的不尽世情，瞬间消失得无影，换来充实心田的是激动和感恩。

"刘教授，请你向我们讲一讲你应邀赴台鉴定佛头像的过程和收获吧！"我还沉馨思味在刚才蔡副省长的谈话中，她请我讲话，我还讲什么呢？我想汇报和要求的都在报告中，省长都看清楚了，并总结得尽理完美。"蔡省长，感谢你费神认真看我的汇报，感谢对我的夸奖和鼓励！四门塔阿閦佛头像回归是一件文化大事，圣严法师愿赠送我们是真诚祈愿的。所以，这也是进一步增加海峡两岸文化交流的良好契机，我深信你和省政府会支持和领导我们把这件大事做好。"

"刘教授说得很对，佛头回归是件大好事。这个事情里有回归、有和平、有希望台湾回归祖国的心愿。所以，要认认真真做好。"

蔡副省长又对着由少平处长说:"由处长,因四门塔佛头像回归这件大事我们第一次见面,你们文物局负责的事情,都是咱们省的文化事业,这次佛头像回归也是你们负责的大事,请你谈谈意见。"

由少平是山东大学历史系高才生,1982年毕业后分配山东省文物局工作。他对山东省的文物如数家珍,对文物的保护与研究做出了突出贡献。他主要谈了两个问题:第一,近些年通过各种渠道把几件流失海外的文物争取了回来。四门塔阿閦佛头像是我们的国宝,是流落到台湾级别最高的文物。法鼓山文教基金会邀请刘凤君老师鉴定并出具鉴定书,圣严法师同意捐赠送回四门塔,在文物回归中具有特殊的重大意义;第二,佛头像回归涉及比较复杂的台湾问题,圣严法师也考虑到这一问题,邀请学术团体的著名学者进行研究鉴定,通过民间方式做好回归工作,这是比较可行的方案。但这里有一个后续工作的衔接和一系列接待问题,这些经费由济南市负责比较合适。

蔡副省长对如何迎接佛头像的组织机构、计划程序以及经费等几个比较重要的问题都做了较详细说明和部署,并强调:"好事一定要办好,既要热烈又要严肃,做到不铺张也不夸张。这件事初步确定政府在后台大力支持,前面是山东大学美术考古研究所和省佛教协会承办。"最后蔡副省长更明确指示:"请刘凤君教授负责起草迎接佛头像的实施方案,今后继续负责与法鼓山联系和佛头像回归的业务工作。"

为了阿閦佛头像回归,蔡秋芳副省长拍板定性并规划回归方案。两岸共铸大好事,惊天动地佛头归。我高兴得几天尽在甜蜜中,特撰书横幅"秋兰芳华",谨表尊敬和谢意。

玖

古像惊动台湾省　岛内赞同捐佛头

与时精诚所加，佛头缘得好运。法鼓山文教基金会"将佛首送返神通寺四门塔"的申请报告，得到台湾地区有关政府机构重视。海基会和教育部门等单位经过多次协调商讨，非常重视我的鉴定书，认为鉴定书是圆满功成这件海峡两岸大事的主要依据。

8月19日，法鼓山文教基金会秘书长果肇法师与我连通两次电话，请我将研究佛教造像的学术成果与参加鉴定调查佛像的活动尽快提供法鼓山，进一步确认鉴定书的权威性，祈盼众愿顺遂。

我喜欢古代艺术，因为她高古深奥、纯净灵妙，这是我矢志不移博弈美术考古学的初衷。我更钟情古代佛像艺术，因为她像历史洞空中走来的释古圣人，传递着日月永恒的哲理。我没有发现骨刻文前，佛教造像是我的最爱。我曾东爬孔望山造像群寻汉风探源，西游敦煌拜佛洗礼，南下老挝泰国学小乘佛在心中，东渡韩国和日本理清东洋佛像的造型特点。北大求学期间实习大同云冈石窟，恩师宿白夫子握腕教画佛。还参加过鉴定龙门石窟回归佛像，山东青州龙兴寺佛像横空腾世，国家文物局请我和北京大学马世长教授亲做鉴定。青州佛像塑活世俗人，美在妙得形实与传神。我的《山东佛像艺术》是第一部系统介绍和研究山东佛像艺术专著，[1]我在《考

---

〔1〕 刘凤君著《山东佛像艺术》，台北：艺术家出版社2001年版；北京：文物出版社2008年版。

古学报》和《世界宗教研究》等杂志发表的研究佛像论文，对早期和山东地区佛像艺术的研究仍是案头必备文献。在长期的调查与研究过程中，我为佛像艺术的精美、慧灵和神圣而铭心，感觉自己与佛结缘情深，一切惠在巡礼的岁月福泽中。

8月23日，喜悦之心还沉浸在蔡秋芳副省长的讲话中，悉兴向果肇法师传真我调查研究佛像的说明书。9月2日，我接到法鼓山文教基金会姚重志秘书电话，他说："海基会和教育部门都很尊重你的学术地位，肯定你的鉴定书是科学的，并具有权威性，正在商讨审批法鼓山决定12月底把佛头像赠送四门塔的申请报告。"

9月18日14时，果肇法师电话告诉我，16时左右，海基会和教育部门审批"佛首送返神通寺四门塔"的报告已上报核准，请我等好消息。时针刚巧指到16时20分，果肇法师电话告诉我已核准，明天将正式宣布，并说等他们公开报道后，我们媒体再宣传。从激动的声音中可听得出她是有多么高兴。7月19日，我出具鉴定书后，她作为秘书长一直为此事忙碌，虽说顺利核准，但其中的周折和时不时的尴尬与阻力，也只有她品尝体会到五味俱全的申报全过程。

9月19日，台湾地区新闻局在例行记者会宣布："为尊重文化资产，促进两岸学术及文化交流，同意财团法人法鼓山文教基金会获捐赠的一尊一千三百多年历史的古石雕佛头像，赠还中国大陆。以实践古文物回归历史原位之教育、文化意义。"阿閦佛头像的回乡路终于正式起航。她"将以最庄严的姿态正式展现在世人面前，再引领出一场国际瞩目、万人发心的佛教界盛事"。

这项宣布立即引起两岸和国际媒体的关注，9月19和20日两天内，台湾《联合晚报》和《中国时报》等12家报纸和4家电视台都报道了这一重大消息。如9月20日，台湾报纸发表《千年佛头赠

2002 年 9 月 20 日台湾报纸报道　　　　　2002 年 12 月 20 日台湾报纸报道

还大陆法鼓山圆两岸菩提》，文中说："为确认佛头像真伪，七月间，法鼓山特别邀请山东大学美术考古研究所所长刘凤君教授、四门塔风景区管理委员会副主任刘继文专程来台，进行鉴定事宜，确定这尊佛头。""刘凤君教授并开立鉴定书以昭公信。""归还中国大陆佛头像为符应国际潮流之义举，弘扬世界文物保护理念，共享两岸文物资产。更为两岸文化、历史及教育的交流互动带来崭新的契机，树立了划时代的里程碑。"

各家报纸和电视台报道内容基本相同，都要明确说明两点：一是圣严法师专函邀请我们鉴定佛头像，我"开立鉴定书以昭公信"；二是归返四门塔，"为两岸文化、历史及教育的交流互动带来崭新契机"。很清楚，这一重大的事情，如果佛头像的真假出了悬疑，我应该满篮子负责。朋友们感觉这样报道推之于我的责任太重，记者高祥森先生和雍坚先生等在采访我时都谈这一问题。我对自己的鉴定坚信不疑，面对朋友们善意的询问并施力评助的真情，我总是笑着说:"我相信自己的鉴定,如果万一出了问题,不是真的而是新仿的,全世界都会认为我是伪专家,我只有谢罪辞掉教授,带着老婆孩子回老家种红薯了。"

台湾媒体的各家报道,如春雷震响寰宇,大陆媒体立即振奋狂热。9月19日,《人民网》和《新浪网》率先转载台湾媒体关于四门塔佛头像的报道。还是老朋友高祥森先生敏感先悟,9月20日,刚吃过早餐,忽听敲门声。敲声清脆有节奏且都响落在门把手的右上方,一听是位修德读书人来访。我轻轻开门一看,"刘教授好!祝贺你!"《齐鲁晚报》记者高祥森和胡忠华齐声向我问候。

请他们进门还没落座,高祥森爽朗开口:"刘教授,你鉴定的阿閦佛头像台湾已经同意送回来。昨天《人民网》和《新浪网》已转载台湾各大媒体宣布的这件大好事,我们申请并已得到同意,明天《齐鲁晚报》准备连载佛头像的回归。"我在他们的引示下,一口气畅谈了两个多小时。刚刚经历的事情,前后顺序条例清楚、择要括简思路泉涌,倾情谈吐乐快。讲到高兴处,时坐时站,手势挥洒自如,尽展三尺讲台演绎之功。他们也如醉沉迷,记满了厚厚的笔记本。

第二天清晨6点钟,窗外的小鸟鸣戏唤醒了我。我刚刚散步到山东大学五宿舍北门处,卖报亭的老姜举着报纸喊:"刘教授,今天《齐鲁晚报》登了你和四门塔佛头像回归的报道,卖得真快啊!"因为《齐鲁晚报》经常刊登有关我的信息,该报在他这里卖得较好,我和卖报老姜结缘相识。

这是大陆第一家报道佛头像回归的报纸,我急促两步走到亭前买了三份。该报发表两篇报道佛头像回归的文章,头版头条醒目大标题:"四门塔佛头,将回归故里",A6整版载"佛头回归记(上)"。

2002年9月21日《齐鲁晚报》的报道　　　　2002年9月21日《齐鲁晚报》的报道

编者语："千年佛像是怎样流落到台湾的？国宝回归是如何促成的？本报记者昨天采访了几个月来一直为此事'穿针引线'的文化使者——山东大学美术考古研究所所长、博士生导师刘凤君教授。"《生活日报》不甘落后，9月23日连发雍坚《佛头牵动两岸情》、刘英《四门塔"翘首"盼佛头》和朱德泉《佛头失窃案全揭秘》三篇文章。同日《山东商报》亦发表《四门塔佛头回归揭秘》。

瞬时间，泉城大街小巷、商店学校，上至省府大院，下至平民陋室，都在兴致谈论佛头像，万众合十盼回归。

　　　　　　神通玉刹誉全球，
　　　　　　阿閦离乡众敬候。
　　　　　　两岸修得缘亲近，
　　　　　　泉城纸贵赞佛头。

注释：

中华新韵

七绝平起首句押韵

平平仄仄仄平平（韵），

仄仄平平仄仄平（韵）。

仄仄平平平仄仄，

平平仄仄仄平平（韵）。

神通玉刹誉全球，

阿閦离乡众敬候。

两岸修得缘亲近，

泉城纸贵赞佛头。

拾

众员热议佛事定　何人敢阻阿閦归

《齐鲁晚报》"四门塔佛头，将回归故里"和"佛头回归记（上）"的报道，拉开了济南宣传阿閦佛头像回归的序幕。9月22日清晨，我起床站阳台眺望东方曦光日环，楼下树木草丛间，小鸟鸣唱欢快。一只长尾黑肚鸟忽"嘎"的一声鸣叫，擦阳台玻璃飞驰而过。我不由向后趔趄一步，顿生一阵惊乱寒战。我又陷入一番沉思：

  旭日闻鸣鸟，

  金晨醉梦曦。

  惊鸟心起颤，

  释虑顿然谜。

这天，《生活日报》记者雍坚和刘英、《山东商报》记者李杰和崔艳红等先后福临陋室采访交谈。9月23日一大早，两报神鬼不知地发表四篇佛头像文章，我倾情望尽昼夜的《齐鲁晚报》"佛头回归记（下）"却杳无音讯。吃过早饭，接到蔡秋芳副省长办公室王健处长电话，告诉我明天上午10点50分，在贵友大酒店14层第5会议室召开关于佛头像回归的会议。

24日上午10点45分，我来到第5会议室门口一看，室内已挤满人，我来晚了。蔡秋芳副省长坐会议室正中椅子上，我们山东大学党委副书记尹薇教授也已早来，坐在蔡副省长身旁。蔡副省长看到我悄悄走进来,亲热地指着尹薇书记身旁的一把椅子说:"刘教授,来!请坐这里。"我刚想坐下,坐在蔡副省长对面的人立即从桌上拿起一张报纸,我一看是昨天的《生活日报》,因为上面有我的一幅大照片。他举起报纸,指着我的照片说:"大家看看,还没统一意见,都把佛头像宣传成这样子了!"我猛地一惊:"这不是前天早晨'嘎'的那一声鸟叫吗?"会议室内气氛骤然紧张。还没来得及我说什么,蔡副省长立刻脸色沉下,不高兴地说:"放下!我们开会!请张传亭副主任介绍我们入会的人员。"

与会的主要领导还有:济南市刘荫岛副市长、山东省文物局谢治秀局长、山东省宗教局连大海副局长、山东省府办公厅张希凯和张传亭副主任、蔡秋芳副省长办公室王健处长、山东省文物局由少平处长和济南市政府姜文艺处长等。

我一听介绍,顿生一阵惊颤:"不好!今天可能是一个连蔡副省长都没预料到的鸿门宴,他们可能要发泄已经积攒了几个月的憋气。已遇虎子,焉能逃避!也是个机会,要沉着,找机会制服他们。如不然,他们会搅乱佛头像回归的大事。"

5、6月份,两位关心阿閦佛像的领导得知阿閦佛头像的信息后,先后率团直奔台湾法鼓山文教基金会,各自说明团队身份和要接回阿閦佛头像的目的。都因是没被邀请的突然造访,法师们都未与他们见面。两次都只有姚重志居士出面对他们说:"请你们回去吧!我们已正式邀请山东大学美术考古研究所所长刘凤君教授在7月来鉴定佛头像,我们相信刘教授的鉴定结论;为了这件事情圆满成功,我们要通过学术团体和专家进行学术交流与研究。"

张传亭副主任刚介绍完与会人员,一位关心阿閦佛像的领导突然站起来。他个头很高,居高临下,手拿着早已准备好的21日《齐鲁晚报》发表《佛头回归记（上）》的报纸，指着上面说："大家看！这上面写着：'作为海内外著名学者，刘凤君教授在考古、美术等方面有很深的造诣。'这是胡说！他连省文物局学术委员会委员都不是，还能算海内外著名学者？他鉴定的佛像我们能信吗？"

他憋急了，说起话来有点哆嗦。蔡副省长还没说话，他连放一通为快。我礼貌地轻轻看看尹薇副书记。她明白我的意思，眼睛平视淡泊，然后左手轻轻一托腮。我大体懂她传达的嘱咐："刘教授，在这种情况下我还是不说为好，因为有蔡副省长，你大胆地、理智地应对吧，他们有点过分。"

我突然站起来，大声说："你们准备得很充分，拿着报纸来批判我。刚一进门我就看到你们的火药味，你说我鉴定的佛像不能信，告诉你！1996年青州龙兴寺遗址出土的佛像，是国家文物局专门邀请我鉴定的；你说我不在学术委员会就称不起专家，我还要告诉你！海内外著名学者并不一定要到你们的委员会去！"

蔡副省长亲切地说："刘教授，请坐下！我们开始讨论如何做好迎佛头像的工作。"她首先谈了几点总的指导思想和初步的规划设想，大体还是8月22日我们在她办公室谈论的内容，也可以说这次会议是那次汇报讨论会的延续和扩大。随后张希凯副主任从佛头像回归的意义、文物和宗教部门如何配合以及做好宣传等几个问题谈了自己的意见。

还没等张希凯副主任讲完，另一位关心阿閦佛像的领导就急不可耐地说："我们不要讨论佛头像回归的事了！四门塔佛头像丢得很不光彩，台湾法鼓山文教基金会的许多事情我们都还不清楚，他（刘凤君）鉴定得不一定准确，我们不能要这个佛头像！"

一听他说"不能要这个佛头像！"我火起丹田，拍案而起："你知道佛头像丢得很不光彩，你也知道法鼓山文教基金会的许多事情我们都还不清楚，你为什么在5月底私自跑到法鼓山去向人家要佛像？"场内紧张的气氛好像要爆炸，算是重拳一击，揭到了他的最痛处，长长的脸上立即泛了黑红。

一比三的口水仗逐渐升级，我们主要围绕要不要佛头像回来的问题，越争论越激烈，话也变得激情粗俗。另一位关心阿閦佛像的领导心急之下习惯性地失口骂了一句。他们推理错了，认为我就是一个猫教授，他们都发泄了出来。原来这个教授不是真猫，会发虎威，他们再想收回去，晚了！在座的人都为之叹惊，我顿觉清除影响佛头像回归的障碍时机益行。

我站起来指着他说："你刚才骂的谁？"这位领导神态恍惚，紧张得不说话。"你今天必须在大家面前，当着我们尹书记和我学生由少平处长的面，说清楚你刚才骂的谁！"领导既惊讶，又尴尬，事情顶撞到这份上，一时不说为好。没有台阶下，这位关心阿閦佛像的领导低下了头，眼红泛着晶光说："我骂的我自己。"

我还是乘势破竹，继续坚定地说："今天的事情大家都可作证，我要把今天争论的实际情况公布到网上，让大家都知道你们在想什么！做什么！谁也不许阻碍和破坏四门塔阿閦佛头像回归！"会议室气氛缓和了下来，大家顿觉心平气和。多数人为之暗喜祝贺："刘教授成功了，基本排除了大的阻力，佛头像回来很有希望。"这应是该次会议的最大收获。日后和一些与会者交流，都有这样的共识，"刘凤君是个人物"也不胫而走。

会不能再继续开，他们也无法在这里继续坐下去。蔡副省长只得宣布会议先开到这里，并强调："我们再另安排时间详细讨论这个问题，我们一定要做好准备工作，迎接佛头像回来！"大家都走到楼下。王健处长请我进餐厅,他们几个处长陪我吃饭,我一句话谢绝。

我漫步在回家的英雄山路上,心里就像吃了一颗六味地黄丸,杂味俱全。会议上的争论,魔鬼般的阴晴脑海中,一会儿愤怒、一会儿喜悦,忧虑更多。看看天空,日中朗朗,何人知我愁思?男儿有泪不轻弹,树荫青砖上还是浸透了我控制不住的滴滴泪水。慢慢走到马鞍山路文物市场,这是我经常消遣的地方。环境一变,心情好了些。肚中早已咕噜声不断,路边买了一个烤红薯,边吃边乐滋滋想:"我对佛头像的鉴定不会错,这次会议也能保证顺利回来,我不用回家种红薯。"

回到家中令我惊讶,四门塔文管会刘继文副主任和夫人朱春华女士站在客厅迎接我。妻子苏玉玲问我:"你怎么才回来?继文和弟妹已等你一会儿了!""怎么会这样,这些领导跑去法鼓山自找没趣,在会上拿别人出气。"刘继文说时,朱春华已泣不成声。我立刻明白,这是刚参加会议的学生、山东省文物局由少平处长担心老师生气,电话告诉刘继文前来看望安慰我。

融心暖语无多句,
热泪眸瞳满眶盈。
万事纷繁天地绪,
人间素愿是真情。

9月25日,我应邀前往青州市博物馆鉴定佛像。上午9点,在云门山益寿宾馆接到山东大学党委尹薇副书记电话。她说:"昨晚接到蔡秋芳省长电话,她说上午的事请刘教授谅解,不要生气,继续做好这一工作,请不要传到网上。"我说:"请您告诉蔡省长,她如果管好那几个人不再利用手中的权力捣乱,我可以先不传网上!"过了一会儿,尹副书记又来电话说:"蔡省长刚才表示,一定说服和引导好他们,不许再阻碍佛头像回归!"

  放下手机,我倚靠在一块泰山石上。半年来,心里从来没有过这样的平静和坦然。远望着云门山大"寿"字旁的山顶空洞,原来事理皆宗自然法规,前面堵墙既是山,也有通途之洞开。昨天会议舌战,再问何来胆识?无欲则刚,精气神和。

  注释:
    中华新韵
  五绝仄起首句不押韵
  仄仄平平仄,
  平平仄仄平(韵)。
  平平平仄仄,
  仄仄仄平平(韵)。

  旭日闻鸣鸟,
  金晨醉梦曦。
  惊乌心起颤,
  释虑顿然谜。

    中华新韵
  七绝平起首句不押韵
  平平仄仄平平仄,

仄仄平平仄仄平（韵）。
仄仄平平平仄仄，
平平仄仄仄平平（韵）。

融心暖语无多句，
热泪眸瞳满眶盈。
万事纷繁天地绪，
人间素愿是真情。

拾壹

法鼓送佛僧众忙　泉城迎圣琼堂就

2002年9月18日,台湾地区同意向四门塔捐赠阿閦佛头像后,法鼓山众僧侣和居士信徒慧智诚真,倾心启动捐赠善举,祈愿:"从一千多年以前缓缓走来、无言说法的阿閦佛,将以最庄严的姿态正式展现在世人面前。"

10月3日下午3时,台湾法鼓山文教基金会秘书长果肇法师给我电话。我心里一惊,这个时间是我们约好用座机通话。果肇法师镇静地说:"刘教授,今后请不要用您家的座机和我们联系,我们有事会通过您的手机和传真联系,过几天赖沛琳秘书给您发份传真。"她这次给我电话可能事因特殊,我没多虑,因为只是这样一说,应玄定神情,淡泊思通,泰然处之。

赖沛琳秘书在8日上午发来传真,告诉他们初拟的阿閦佛头像回归进程,并说明正本已传给山东大学,这是副本,给山东大学美术考古研究所。传真内容可归纳为三点:

一,12月1日—15日,在孙中山纪念馆展出阿閦佛头像,举办"流转、聚首——祈愿山东四门塔阿閦佛重生"法会;

二,希望山东迎接阿閦佛头像代表团在12月13日到达台北,请山东大学尽快提供代表团名单。请我抓紧办理入台手续,因为需要我确认阿閦佛头像后再捐赠山东代表团;

三,12月17日,圣严法师信守对我的承诺,决定亲自护送阿閦佛头像回四门塔。

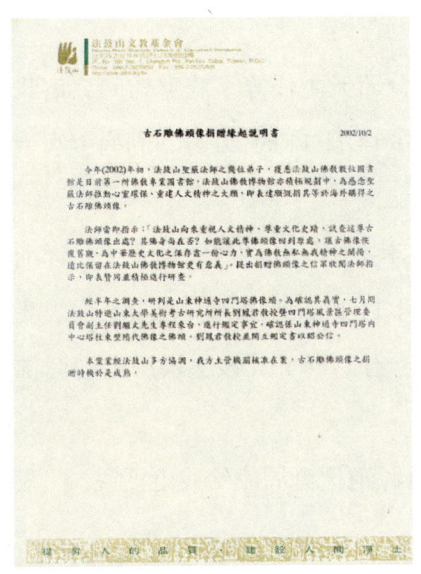 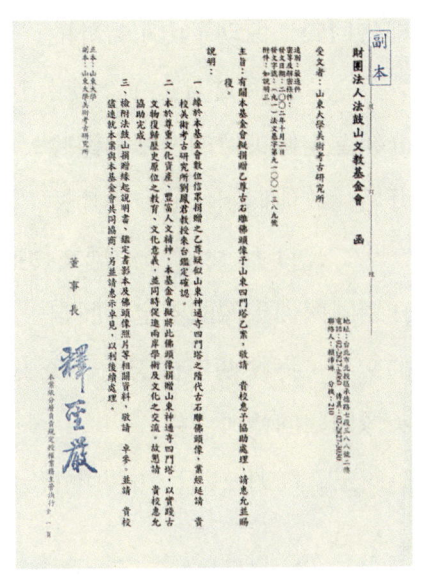

古石雕佛头像捐赠缘起说明书　　　　财团法人法鼓山文教基金会圣严法师给山东大学美术考古研究所的函

　　我习惯性地将这一传真签名后送交山东大学台湾事务办公室。

　　10月9日16时，齐鲁电视台记者刘志国和孙珊来我家访问，踏破了我家半个多月来的寂静。他们说："我们台长看到台湾电视台播放您在台湾鉴定佛头像的电视。佛头像回来时，我们台也想做个直播节目，如果您同意，我们先准备个方案。"我欣然同意。12日上午，齐鲁电视台闫台长请我到他办公室，在座的还有齐鲁电视台蔡主任和刘志国、孙珊两位记者，我们仔细讨论大型直播方案。在以后的一个多月时间里，我们讨论制定过多次方案并做了一些相应的录像准备。由于种种特殊的和令人费解的原因，再加上12月9日他们接到"可录制，不直播"的所谓批示，齐鲁电视台和其他电视台都没有做成这样的直播宣传。

　　俗话说："酒香不怕巷子深，醉倒惟恐身边人。"阿閦佛头像

087

即将回归，惊动了山东省外的许多大媒体：

一，11月2日上午，湖南卫视台邱天主任等来我家访问，请我介绍鉴定佛头像的过程和经验。12月14日11时20分，湖南卫视台开始播放他们制作的专题片；

二，11月13日，中国文物报社李文儒社长约我写篇长文，详细介绍阿閦佛头像的鉴定与回归。12月11日，《中国文物报》发表我的文章《海峡两岸同努力，流失国宝有归期》。该文被誉为阿閦佛头像回归的精典之作；

三，11月21日，中央电视台10频道记者周凌给我电话说："我

《中国文物报》的报道

们想在'文物故事背后的故事'节目中,给您编导一个四门塔佛头像鉴定与回归的专题片。"我表示同意。12月1日上午10时—11时30分,我应邀前往中央电视台10频道演播室接受高月采访。

贵友大酒店会议后,佛头像回归济南的事,因各方思虑甚多,已沉静一个多月。好剑切勿久藏,好事不可多磨。我感到离12月17日法鼓山文教基金会送归佛头像的日子越来越近,不能再继续这样没有实际计划地拖下去,齐鲁电视台也多次提醒我给领导写信详细说明这一问题。11月12日,我给谢玉堂市长写了一份关于四门塔阿閦佛头像鉴定与回归的报告。报告中谈了我应邀赴台鉴定佛头像的经过,还谈了9月24日贵友大酒店会议上的意见。最后我说:"这次活动意义重大,台湾的宣传已经在全世界引起了很大影响。大陆特别是济南市的广大群众急切盼望佛头像回归四门塔。佛头像回归也是为十六大举行的一次盛大庆祝活动,也是我市与台湾地区一次意义重大的文化交流,将永载史册。"

11月14日,我拿着给谢市长写好的报告和相关资料,齐鲁电视台蔡主任以我学生的身份陪同前往济南市政府市长办公室。办公室蒋主任看到我递上的名片,激动地说:"您就是到台湾鉴定佛头像的刘教授,我们在许多相关材料上见到您的大名和签名。今天谢市长在外地开会,我一定尽快把您的报告转呈他!"11月19日,济南市政府市长办公室主任给我电话说:"谢市长看过您的报告后非常重视,专门组织成立以济南市文化局为主的'济南市文物爱好者协会',希望刘教授您和我们一起尽快推动和完善迎接佛头像的工作。"

听到这里,我顿感地宽厚、天清高,心胸豁然畅释。佛头像回归的彩球又交给了谢市长,他可以真正落实迎接佛头像回归。从此,我和他结下了深厚的文化情感友谊。我发现与研究中国早期文字骨刻文的过程中，[1]经常得到他的赞扬与支持。善缘好运，他高位荣休后，玉缘堂辉，研究大禹文化，如意慈善事业，皆缘弘助。

匆匆数月事迷茫，
漫漫一辰议室嚷。
若素安之神静穆，
登堂运转盼归航。

12月1日—15日，法鼓山文教基金会在孙中山纪念馆展出阿閦佛头像，举办"流转、聚首——祈愿山东阿閦佛重生"法会。"展出目的是希望能使社会大众借由观看此一难得的佛教古文物真迹，感受佛教的人文精神与文化资产的宝贵。同时亦希望借此因缘推动一场全民祈福的活动，带领民众凝聚大家的愿力，一起为古佛首的重生祈福，也为更和平幸福的明天祈福。"[2]12月2日，《人民日报（海外版）》发表《千年古石雕佛头亮相台北》；12月17日，《参考消息》发表驻台北记者何自力文章《从流转到聚首——山东四门塔千年阿閦佛石像重生牵系两岸殊缘》，都比较详细介绍了"让古佛头回到佛身"动人的真实故事。

以济南市文化局邹卫平局长为会长的"济南市文物爱好者协会"成立后，开始了紧张有序的迎接佛头像准备工作。济南市考古研究

---

[1] 骨刻文是中国早期的一种文字，2005年山东大学美术考古研究所所长刘凤君教授发现并命名。骨刻文是甲骨文和彝文的主要源头，是距今4700—2500年之间，今天的黄河、淮河和辽河流域远古居民创造和使用的一种刻写在各种骨头上的文字。参见刘凤君著《骨刻文》，济南：山东画报出版社2015年版。

[2] 隋代古石雕阿閦佛头像复归纪实编辑小组：《隋代古石雕阿閦佛头像复归纪实》第12页，台北，法鼓山基金会，2003年。

在台北孙中山纪念馆举办的"护持山东四门塔阿閦佛重生祈福法会"

所对四门塔阿閦佛像颈部进行了详细考察,取下新安装的复制佛头像,清理出佛像颈部的原茬,为安装回归的佛头像做准备。驻济南的各家媒体又开始大量宣传报道佛头像回归。

随着时光的漫步,一些奇异心态渐渐融化在圆通的隧道中,我对阿閦佛头像的鉴定逐渐得到认可。时不待人,政府要按时接回来。济南市组成了以市文化局邹卫平局长为团长、郭思克、崔大庸、刘永波和吴明等为团员的赴台迎接团,12月13日启程赴台湾。上午9点10分,邹局长在济南遥墙机场给我电话,请教我到法鼓山后注意哪些问题。接到他的电话我很高兴也很激动,他是对我真情的尊重与肯定。我深情祝愿他们:一路顺利!在台湾得阿閦佛环光浴护,万事吉祥!

法鼓山文教基金会亟盼我随团再赴台,请我确认交接的佛头像后再交给迎接团。早在 12 月 9 日，我接到法鼓山文教基金会传真，告诉我："我们的计划有些变动，主要的变动是原定 12 月 16 日上午 10 点 30 分在台北农禅寺举行'四门塔佛头像捐赠仪式（见 10 月 21 日传真）'。因为您没有来台北亲自迎接佛像，所以，现在改为护送隋代古佛头像到山东四门塔，需您亲自在场确认后再办理交接手续。"12 月 16 日 16 时 40 分，果肇秘书长来电话说："邹卫平局长高度评价您的学术地位，充分肯定您对四门塔佛头像的鉴定。我们对邹局长已经说清楚，我们用的是刘凤君教授的鉴定书申请并得到批准，我们都应尊重刘凤君教授的鉴定书。邹卫平局长他们没有再出具鉴定书。希望明天师父（圣严法师）护送佛头像到四门塔时，请您确认后师父再交给四门塔文管会法人代表张立平主任。"

注释：

中华新韵
七绝平起首句押韵
平平仄仄仄平平（韵），
仄仄平平仄仄平（韵）。
仄仄平平平仄仄，
平平仄仄仄平平（韵）。

匆匆数月事迷茫，
漫漫一辰议室嚷。
若素安之神静穆，
登堂运转盼归航。

拾贰

圣严如愿送佛像　阿閦圆满回神通

2002年12月16日晚饭后，一个际遇不眠的夜晚，几次阳台观天象，心烦地望着阴沉沉的天。连续两天细雨小雪，把往日济南马象游龙的繁华，弄得街湿路滑、雾气茫茫。明天阿閦佛头像就要回来，圣严法师他们能在香港顺利转机吗？济南遥墙机场能降落吗？数月来，阿閦佛头像回归的大好事，几度欣喜几度苦愁谁也难说清，明天阿閦佛能显神通请天公赐晴吗？

不一会儿，门铃又响了起来，济南电视台崔桂军主任等来我家详细讨论录制佛头像回归的专题片。14日上午，我曾在济南电视台与马利主任等初步商谈过该专题片。这次商定该专题片主要从开光仪式、四门塔与佛像价值、应邀赴台鉴定等几个方面录制。崔桂军还建议在专题片中加播一段破案过程的现场录像，我们都赞同，认为加进这一部分内容是该专题片的特色。

1997年3月7日佛头像丢失后，济南市公安局组成专案组全力侦破此案。在1997年至1999年两年时间里，他们行程10万多公里，抓获了3名不法分子。在这期间，崔桂军经常离开温馨的家，肩扛录像机，背负沉重的器材，随专案组转奔在山间小道、闹嚷村集和石房土屋间。镜头中不时留下汗如雨下的奔跑公安战士、临危录制不明真相村民的围攻棒打，还经常在公安武警与持械罪犯搏斗时抢拍下珍贵的惊险资料。后来一系列的媒体宣传所用破案照片和录像都是崔桂军的现场作品，功莫大焉。我们这个专题片，是近水楼台先得皎月。

17日6时许,圣严法师和林保尧教授等组成的佛头像护送团,以及由济南市文化局邹卫平局长率领的迎请团聚集台北桃园机场。人群中不时传来"济南那里浓雾好大,几天来都关闭机场"的声音。护送团几十人,深信圣严法师在佛头像前的祈愿:"今天平安顺利回家!"天时地利还是遂愿人和,6、7时许,天际微露黎明前的希望。几天来一直藏在云后的星星,急不可耐地时隐时现在清空中。8点多钟,令人欣喜若狂,久违的晨霞从地平线上欢跃跳起,挥手驱走了云雪雨雾,降瑞惠风和畅艳阳天。

时针刚过8点钟,济南市文物处于茸副处长给我电话,请我参加近几天的一切迎接佛头像活动,并说,包括今天在遥墙机场迎接圣严法师和佛头像、在四门塔开箱验证和交接佛头像,以及在索菲特大酒店的欢迎晚宴。我进入了认真思考,山东迎请团的几个人都不研究佛像艺术,对他们来说这是个陌生课题。我脑海中细缕着在台北中山精舍鉴定阿閦佛头像时,默记的几点无法仿制的微痕。如果万一出现我们和圣严法师都没想到的异常,我相信自己能精准确认。

阿閦佛头像从台北桃园机场启程回家,一路礼飨特殊厚待。依照航空公司规定,装置佛头像这样的箱子要放在货舱内。在台北机场"为了尊重与礼遇这位国宝级的贵宾,中华航空公司特地拆除了商务舱的两个座位,让阿閦佛首能安稳地在这趟空中之旅中安坐"。在香港转机时,东方航空公司"同样为表示对佛首的恭敬欢迎之心,拆除了三个座位让佛首安坐"[1]。70多岁的圣严法师,为了圆满在

---

[1] 隋代古石雕阿閦佛头像复归纪实编辑小组:《隋代古石雕阿閦佛头像复归纪实》第20页,台北,法鼓山基金会,2003年。

圣严法师在飞机商务舱看护着阿閦佛头像

台北农禅寺对我的承诺，一路都坐在阿閦佛头像跟前，紧紧看护着她，令人为之感动。

14时30分，济南市文物处于茸派车接我到达济南遥墙机场。机场候室大厅已挤满省、市、区各单位的领导和记者共100多人。其中有济南市文化局李副局长和黄主任、济南市历城区文化局戴月局长、四门塔文物管理委员会张立平主任和刘继文副主任等。济南市文化局黄主任领我走进一间临时准备的"贵宾室"，室内正中沙发上端坐着一位老者德僧。黄主任对我们做介绍："这是青岛湛山寺明哲长老，这是山东大学刘凤君教授。济南市政府非常重视这次迎接活动，专门请长老和刘教授来机场迎接圣严法师。"明哲长老躬身合十："刘教授，早闻您的大名，您有缘鉴定阿閦佛头像，功德无量。"我早震耳闻名，明哲长老是当今佛坛大德高僧，遍读众门佛书，深修各派弘理。大藏知识慧渊集，十方世界化全身。今日幸睹荣至，老人温和淡定，举止慈怀高雅，容展所蕴，已修菩提罗汉相。

15时30分，圣严法师在邹卫平局长的陪同下走进机场大厅。我走向前一把握住圣严法师的手，激动感至："师父，您辛苦了！"圣严法师也深动感情地说："刘教授，我们应感谢你！我把你们的亲人送回来了。"几十名记者涌了过来，围住了圣严法师。他大声对记者说："我很高兴，佛头像终于回到原来的地方。"

离开机场时，邹卫平局长为圣严法师安排专车，法师坚持与阿

圣严法师送回四门塔佛头像，刘凤君与圣严法师在济南遥墙飞机场

閦佛头像一同搭乘小包车。上车时，他回过头来对我说："我要一直把她送到四门塔！"《般若波罗蜜多心经》云："能除一切苦，真实不虚。"这就是圣严法师的境界与情操。

我们护佛车队走了一个多小时到达神通寺，已知佛头像回来的附近村民，有数百人自动涌向寺院的路边，在暮色中欢迎亲人回归。祖祖辈辈在阿閦佛护佑下繁衍生息，结下的深情厚缘，人人铭记心中。看到小包车上的佛头像，有的举手呼喊，有的合十祈祷，更多的人热泪盈眶，泪洒欢迎的路边。

佛头像交接仪式在神通寺大殿后边新建成的会议室内。室内人群挤得密不透风。后墙上挂着四门塔文物管理委员会员工们精心制作的、写有"国宝回归交接仪式"8个金色大字大红横幅，下方正中桌台上安放着装阿閦佛头像的大箱。交接仪式由济南市文化局崔大庸副局长主持，邹卫平局长拉着我和圣严法师坐在佛头像跟前。保卫人员根据圣严法师的指点，轻轻解开系箱绳子，然后拉开箱门，阿閦佛头像光彩立即温馨满室人的心田。只听得人群挤动，尊仰激动的心情，从欣悦的呼吸频率中能听辨出来。

我立即走到佛头像前，仔细观察佛头像整体神韵，认真辨析鉴定佛头像时默记的额部、耳部和颈部微痕，确认是自己在台北中山精舍鉴定并出具鉴定书的那件佛头像。

圣严法师和四门塔文管会张立平主任等都把期盼和询问的目光投向我，我对圣严法师会心一笑："谢谢您！您把我鉴定的这件阿閦佛头像送回来了。"圣严法师高兴地露出了宽心喜悦笑容，双手摸着佛头像，亲自交给四门塔文管会张立平主任。张主任代表四门塔文物管理委员会回赠法鼓山荣誉证书，表达深切谢忱："台湾法鼓山圣严法师等僧众，以保全中华古文物为大义，购藏流失已久的

四门塔文管会张立平主任向圣严法师赠荣誉证书

四门塔文物管理委员会张立平主任特别颁发荣誉证书给法鼓山，感谢圣严法师等僧众的善举

在四门塔举行"国宝回归交接仪式",圣严法师致辞

阿閦佛石雕头像,并于公元2002年12月17日将该佛头捐赠与济南市历城区四门塔文物管理委员会,使阿閦佛得以完璧示人。"会议室的所有人,无不激动喝彩。四门塔文管会刘继文副主任和朱春华等领导与员工都激动地笑哭了,笑得泪水沾衣。

山石样本识阿閦,
水浸微痕脑海藏。
长老祈福僧玉刹,
弘尊善化四门堂。
佛头复位微和妙,
教主重圆妙喜光。

在四门塔捐赠阿閦佛头像的仪式上，刘凤君教授（左）和圣严法师（右）合影

续载慈悲观自在，
高僧释圣大德扬。

圣严法师致辞，他满怀深情地介绍了佛头像在台湾发现、鉴定以及决定送还祖国大陆的经过。他说："刘凤君教授到台湾一见面就说是四门塔的。我问他为什么？他说，'这就像一个孩子看到母亲一样……'"圣严法师在致辞中还"传达了此事所具有的文物与宗教的双重意涵。希望这次法鼓山捐赠阿閦佛头像，能提醒全人类对文物保护的重视。这尊佛头像能重回历史时空原点，重现历史原貌，远比留在法鼓山佛教博物馆更有意义"。法师的讲话多次赢得在场人们的热烈掌声。为了表扬我和林保尧在这次佛头像回归过程中的特殊贡献，圣严法师讲话时，邹卫平局长把我们两人推至前台，和圣严法师一起站在佛头像的前面。圣严法师话音未落，山东电视台、

刘凤君教授（左）和谢玉堂市长（右）、圣严法师（右二）、明哲长老（左二）

齐鲁电视台、济南电视台和驻济南各报社记者，争先恐后采访我们。

交接仪式圆满结束，我们乘车到达济南市索菲特大酒店。山东省蔡秋芳副省长、济南市谢玉堂市长、济南市宣传部王良部长和历城区谭延伟区长在大厅欢迎护送团，并举行欢迎晚宴。谭区长和邹局长把我安排在谢玉堂主持的主宾宴席，还有圣严法师、果元法师、果东法师、果肇法师、林保尧教授和明哲长老、王良部长、谭延伟区长、邹卫平局长等共席飨宴。邹卫平局长主持，谢玉堂市长致辞，圣严法师讲话。谢市长代表济南市向法鼓山赠送一幅国画莲花，圣严法师深领厚意说："莲花是佛门圣花，法鼓山与济南市有缘。"圣严法师代表法鼓山文教基金会向济南市赠送一幅阿閦佛头像在台湾时的照片，还送一件法鼓山标志——琉璃佛手艺术，佛手中盛开一朵莲花。圣严法师告诉大家，这件琉璃佛手艺术标志着法鼓山与济南市有缘，密不可分，这赢得了长时间的热烈掌声。

宴庆时分，中央电视台1频道、山东电视台、齐鲁电视台、济南电视台等晚间新闻都播放了阿閦佛头像回归。阿閦回归盛无前，音像空尽寰宇传。

注释：

中华新韵
七律平起首句不押韵
平平仄仄平平仄，
仄仄平平仄仄平（韵）。
仄仄平平平仄仄，
平平仄仄仄平平（韵）。
平平仄仄平平仄，
仄仄平平仄仄平（韵）。
仄仄平平平仄仄，
平平仄仄仄平平（韵）。

山石样本识阿閦，
水浸微痕脑海藏。
长老祈福僧玉刹，
弘尊善化四门堂。
佛头复位微和妙，
教主重圆妙喜光。
续载慈悲观自在，
高僧释圣大德扬。

拾叁

完美法体尊至善　浴火重生更慈悲

古稀之年的圣严法师一路守护阿閦佛头像到四门塔，亲手交给四门塔文管会，完成了让阿閦佛头像回归原位的宏愿。佛头像回家了，万众兴慰，怎样保护和安装好，甚是乐中难事。济南市政府倍加重视，制订了详细科学的实施方案。

四门塔文管会刘继文副主任和我一同赴台后回来的几个月时间里，默默准备迎接佛头像回归的工作。佛头像回来后，他与历城公安局认真研究存放地点，日夜带领文管会人员看护佛头像，当地派出所武警在周围巡逻保卫，确保万无一失。刘继文的家离四门塔不到200米，他三天三夜几次过家门而不归。佛头像安装好后，一直到2015年荣休，他每天都是晨起绕塔伴星稀，日理寺院惊时短，星月看佛方入眠。荣休后他移居济南市里，不但经常回四门塔仰拜魂牵梦萦的心中圣像，而且还画神通寺佛像入迷。日思苦想、梦醒捉笔，至今已是耳熟名响的画佛艺术家。

圣严法师德艺双馨，学贯中西，知识宏拓，深受佛界广大僧众和学界各领域专家尊重敬仰。他曾在世界各地一百多所大学演讲佛教文化。18日下午，圣严法师首度应山东大学盛邀进行学术交流和演讲。13时55分，我应邀来到山东大学邵逸夫馆一楼第一会议厅参加与圣严法师的学术座谈会。校长在门口见到我就大声说："刘老师你立了大功，真的立了一个大功！"

不一会儿，山东大学港台办主任刘永波陪圣严法师和佛头像护

山东大学校长展涛教授会见圣严法师一行并举行座谈会

送团的几位法师及林保尧教授走到门前，大家都出门迎接。应邀参加座谈会的还有袁世硕、王育济、张金龙、胡新生、刘玉峰等20多位教授和50多名研究生及驻济各家媒体记者。展涛校长走到圣严法师跟前说："大师您请我们刘教授去鉴定佛像就对了，因为刘教授就像佛，只要看看像不像他自己，就能证明她对不对。"展校长几句幽默含蓄、形象说实而又感情动人的话，引得在场人们开口笑的同时，都把和喜乐解的目光聚在我的脸上。我不自主地合躬站起来，腼腆诚恐略点头，诚致深深谢忱。

16日—18时，圣严法师在山东大学文史楼201教室作"汉传佛教及其古文物"专题演讲。大德高僧登台惠讲，学生们格外注意观察和聆听。法师广证博论、活泼生动、深入浅出，处处展现出他深层的睿智、幽默和机锋，再加上法师得心自在的修养与温文从容、谦逊随和的风姿,"学生们在专注聆听演讲内容之余,也实际感受到了一位国际级宗教家与思想家的风范与胸怀"。

19—20日,圣严法师率佛头像护送团进北京悲怀施愿。他首上中国佛教协会拜见会长一诚长老,一诚长老盛赞圣严法师做了一件功德无量的善举。国家宗教局叶小文局长当时护送佛牙舍利在泰国,得知圣严法师已到北京,婉拒了泰王的接见,立即回到北京亲自接见他们。叶局长在和圣严法师交谈时说:"佛教的核心是信仰,信仰的载体是文化,文化的沟通要靠交流,交流必须要有高僧大德。"并说:"好题目才能做好文章。"依此赞美捐赠佛头像是一件智慧与慈悲,在佛教史与海峡两岸交流史上值得感念与记载。圣严法师说,让佛头像回到原点,古佛欢喜重生后,"自然而然会对人心产生教育功能,这与法鼓山所提倡的'心灵环保'有很大关系"[1]。

圣严法师率护送团进北京时,特意留下林保尧教授亲临四门塔现场观察和记录安装阿閦佛头像。19日早8时,济南市文化局崔大庸副局长专车接我和林保尧前往四门塔。几天来,经常是雨雪天气,路滑多积冰雪。我们走到离四门塔20公里的大涧沟下坡路时,迎面爬坡的一辆拉砖拖拉机可能是因路滑,突然向路中间一拐,眼看两车要撞在一起。我们车上几人都感到危险了,惊魂失魄。司机职业的极速敏感,他猛打方向盘,差点滑出路下,有惊无险,躲过一难。稍还神,司机幽默地说:"老佛爷还等着你们几位领导去安她的头,是她保佑了我们啊!"

我们到四门塔时,毛毛细雨在阴冷微风的天空中舞姿般洒落在

---

〔1〕 隋代古石雕阿閦佛头像复归纪实编辑小组:《隋代古石雕阿閦佛头像复归纪实》第33—34页,台北,法鼓山基金会,2003年。

地上。四门塔下部周围用布包裹得很严密,刘继文在塔门口迎接我们,他负责安装佛头像。我们走进塔内时,刘继文已和郭俊峰、陈宾、仝艳锋、王金贵、常祥、梅兴武等6名研究人员与技术人员工作了1个多小时。他们为安装佛头像做好了一切准备工作:清理干净佛身颈部原茬,在佛身颈部茬口和佛头颈部茬口凿钻一个长15厘米、直径1.5厘米的圆孔,孔内用钢筋连接,即"插柱心蕊"的定位衔接法,他们已成功做了一次安装实验。

我们围在阿閦佛像边,刘继文和6位研究人员与技工娴熟地将佛头安装在佛身上。佛身颈部茬口和佛头颈部茬口严丝合缝对接,阿閦佛像圆满修复,瑞像重光。我和林保尧在阿閦佛像前握手合影,恭贺圆满成功。欣喜之时,大家几乎同时发现佛颈部微左下侧有一个扁长的小孔。都在惋惜美玉微瑕时,林保尧从衣袋里拿出一个信封,里面装着一块小石片,他说:"这是一位捐赠佛头像的居士给法鼓山的,是从阿閦佛头像上碰下来的,请我到时候放上去。"大家高

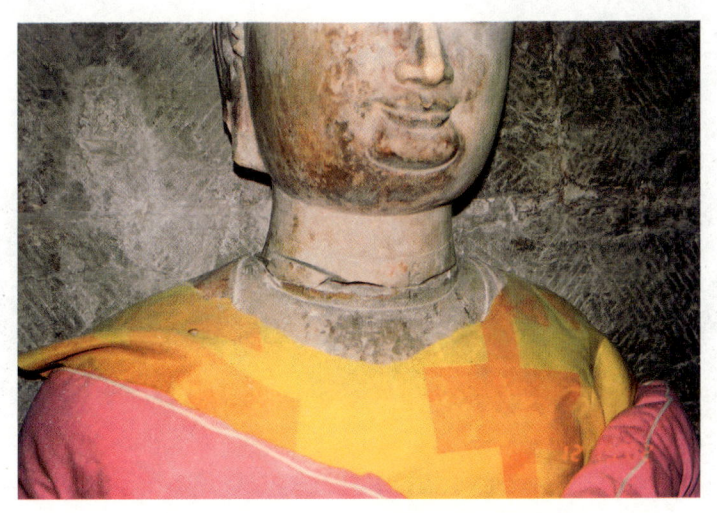

把阿閦佛头像对接到阿閦佛身像

刘凤君教授（左）与林保尧教授在四门塔内观看衔接阿閦佛头像

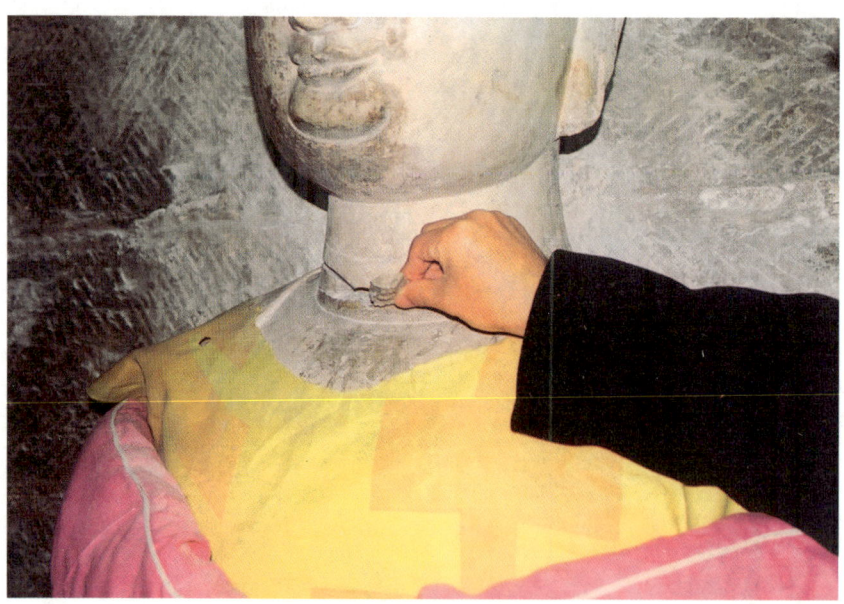

阿閦佛头像回复后向脖颈裂缝处插小石块

兴地拿着小石块往佛颈上插，可小石块内大外小插不进去，技工们把佛头一掀，把小石块放上去正合适，阿閦佛像更完美至善。

我每当想到这件事，总觉得圣严法师与我有神通理和的默契。当时只是高兴，兴致冲动得没有多想。过后一琢磨，实际上法鼓山也和我一样留下了特殊标记。我是默记微痕，他们是留下佛颈部的一小块，如出现特殊问题可求资证。

五年前，阿閦佛头像被盗后，复制了一件新佛头像准备安装到阿閦佛身上。新头像脖子底部是平的，往上安装时，因阿閦佛身脖子断茬处还留有原来的不平断痕，有人提议修平后再安新头像。时任济南市历城区文化局戴月局长坚定地说："我们一定要保护好佛像脖子的原茬，如果佛头像回来时，可以严丝合缝地安在佛身上！"戴局长不是文物保护专家，但他是有责任心的负责人，也是一个对阿閦佛有爱至深的济南人，他还一直盼着阿閦佛头像回来。

我非常感激戴月局长，我应邀赴台鉴定阿閦佛头像并出具鉴定书，台湾以我出具的鉴定书为依据，决定向四门塔捐赠回阿閦佛头像。因为多种很特殊的原因，当时许多人怀疑我的鉴定，有人直接说："刘凤君鉴定的阿閦佛头像是假的，不能要！"2002年12月19日上午10时，我鉴定的阿閦佛头像严丝合缝安在敬候已久的阿閦佛身上，法体圆满，佛光如初。如果当时把阿閦佛脖子断茬修平，在当时那种激烈的非议之下，阿閦佛头像可能会作为有待证实的悬案一直搁置一边，我也可能还在非议的唾沫中无法自释和解脱。

我们进塔时，林保尧教授搬进一箱苹果和一箱枣。他说，这是圣严法师请他供佛的。法师不但弘法广论，而且佛事至微，我们深为感动。佛头像安装好，他把苹果和枣搬上供桌，供祭法体完善的阿閦佛像。就在这时，中央电视台海峡两岸节目组采访我。供祭过

刘凤君教授（中）和林保尧教授（左）在四门塔内观看修复阿閦佛像后，与崔大庸副局长（右）庆贺佛头像回归

的苹果和枣大家纷纷享用已尽，我没拿到供果正在尴尬时，忽听："刘老师，请您吃供果！"我转过身一看是我的学生，"郭俊峰，谢谢你！还是你想着老师啊！"

在塔内大约一个半小时，我和崔大庸、林保尧想要走出塔外。刚一到门口，一缕清新的阳光洒照在脸上，顿感欣喜。赶快跑出塔门一看，好美的艳阳天，清空朗朗，阳光灿灿。我立即电话询问在济南市里的夫人苏玉玲天气怎样，她说市里天气仍然阴沉并有零星小雨。心中油然敬畏阿閦佛像，五年受难流离分身两岸弘法，今日浴火重生，彰显了无边的智慧与无上的慈悲，即时瑞泽佛光。

> 灵石朗圣点神通,
> 阿閦佛尊甲寺弘。
> 两岸分身化教愿,
> 无为泥畔艳阳中。[1]

阿閦佛头像严丝合缝安在阿閦佛像身上,许多人早就相信与盼望的事圆满了,皆大欢喜,奔走相告,一时成为济南市的热门话题,各大媒体更加活跃了起来。19日18点,济南市电视台崔桂军主任接我到台里录像,田一农主持,马利主任指导,一直录到次日清晨1点钟。20日,中央电视台记者周凌和郭震宇到我家采访,《大众日报》《齐鲁晚报》和《生活日报》等记者也都对我进行采访。

21日8时,济南市文化局派车接我到四门塔参加"济南四门塔阿閦佛古石雕头像回归修复揭幕式"。礼遇较好的天气,虽阴晴相间,但山间微风祥和,一日无雨雪。仪式在四门塔阿閦佛面向的东门外举行,门前平台铺红地毯,塔内阿閦佛覆盖黄色绒绸,红地黄身,阿閦佛显得格外庄重尊严。应邀参加揭幕式的贵宾主要有圣严法师率领的佛头像护送团、济南市佛教协会组织的以灵岩寺主持觉印法师为领唱的唱经团和省、市有关领导共300多人,还有自动聚集在周围仰观大礼的无数信众,盛况空前。"法喜充满的气氛使四门塔周围的山林荒野似乎也一扫往日的苍凉,显现出坚韧蓬勃的生气。"

揭幕式由济南市文化局邹卫平局长主持。济南市副市长陈国栋

---

[1] 泥畔,佛教用语,是涅槃的另译。涅槃,又译为"泥曰""泥洹""泥畔""涅槃那"等,意译为"圆寂""灭度""寂灭""安乐""解脱""不生""无为"等。涅槃,原指火的熄灭或风的吹散,后成为印度古代宗教的通用术语,指通过宗教修行所达到的超脱生死的境界,也指僧尼死亡。

四门塔阿閦佛古石雕头像回归修复揭幕式

和圣严法师分别致辞。揭幕式后,隆重地举行洒静、开光法会,由法鼓山圣严长老、江苏灵严寺明学长老、青岛湛山寺明哲长老担任主法法师。吉时降临,稳安供桌,摆上香炉、素膳、三净水等供品。首先,圣严法师起唱,在"炉香赞"的诵赞梵呗声中,三位长老先后向佛礼拜供养并拈香礼敬。随后"当《大悲咒》一举腔,两岸僧俗四众皆能立即跟着持诵。整齐嘹亮的梵音,在严寒的天空下反复袅绕,令所有在场者不禁动容"[1]。也使芸芸众生在这清净美妙的乐声中,唤醒虔诚心愿。众供养法师跟随主法法师洒落净水,绕塔三匝。揭幕式时,我和圣严法师都坐在靠近阿閦佛像的前排。近阿

---

〔1〕 隋代古石雕阿閦佛头像复归纪实编辑小组:《隋代古石雕阿閦佛头像复归纪实》第29页,台北,法鼓山基金会,2003年。

四门塔阿閦佛头像回归修复揭幕式的开光仪式

閦佛先得净水，圣严法师和明哲长老转到我跟前，都向我的头顶和捧着的双手洒净水。齐鲁电视台记者孙珊早已挤到我身边，高兴地也伸出捧着的小手接两位长老洒净水。

浮香绕塔九松萦，

净水沾身喜灌通。

梵韵空悠龙虎谷，

千年古刹静虚灵。

中午在四季村宾馆享用历城区谭延伟区长招待素餐后，圣严法师兴致仍很浓，他和护送团在前来参加揭幕式的领导陪同下参观神通寺遗址、千佛崖造像、大小龙虎塔等。圣严法师看得很仔细，经

在四门塔阿閦佛头像回归修复揭幕式上,刘凤君教授(左)和圣严法师(左)合影

常把我叫到跟前,一会儿请我讲讲,一会儿和我、和团队合影,有时自己拿起照相机拍照。陪同的领导中有济南市谢玉堂市长夫人常女史,她自始至终参加了开幕和开光仪式,下午陪圣严法师参观,晚宴后又把法师送到索菲特大酒店方回家。

圣严法师完成了宏愿,善德圆通,他高兴得经常合不拢嘴。仰拜过千佛崖造像下台阶时,台阶的阴处有雪未化,四门塔文管会主任张立平忙上前扶搀他,并提醒路滑。法师幽默而又深情地说:"谢谢你们!我要是摔在这里圆寂了,我也就心愿圆满了。"圣严法师慈悲为怀、乐道至善,所有在场的人,感动得谁也说不出话来。

四门塔阿閦佛像完善尊容,重现昔日法度慈相。圣严法师大爱弘度,"虚空有尽,我愿无穷",圆他铭藏礼赞的大德善举。22日,他还要跨洋过海继续传教。早晨5点,我来到索菲特大酒店一楼大

法鼓山文教基金会护送团一行在四门塔前合影

厅等候圣严法师下楼去机场。前来送行的还有邹卫平、崔大庸和刘继文,张立平直接去了机场。一会儿,圣严法师和佛头像护送团20多人来到大厅,我们送行的几人自觉尴尬寒碜。几天来的轰轰烈烈、热热闹闹,今晨变得情寒意薄。圣严法师也似有寒心,他向我走来,我紧奔两步到老人跟前,他拉着我的手说:"刘教授,谢谢你!你是专家,你鉴定佛头像是真的,我就把她送回来,在四门塔开箱时你又亲自验定。这件事我做得很高兴、也很放心,阿閦佛会保佑你!"聆听法师肺腑心语,看看仅几个人送客,愧疚欲泪。

我们乘车陪同圣严法师护送团到达济南遥墙机场,他们验票进机场时,我和刘继文爬楼梯登高处目送圣严法师他们次序进入。千叟盛宴总有散,繁华落尽终成思,滋味回忆在其中。

注释：

　　　　中华新韵
七绝平起首句押韵
平平仄仄仄平平（韵），
仄仄平平仄仄平（韵）。
仄仄平平平仄仄，
平平仄仄仄平平（韵）。

灵石朗圣点神通，
阿閦佛尊甲寺弘。
两岸分身化教愿，
无为泥畔艳阳中。

　　　　中华新韵
七绝平起首句押韵
平平仄仄仄平平（韵），
仄仄平平仄仄平（韵）。
仄仄平平平仄仄，
平平仄仄仄平平（韵。

浮香绕塔九松萦，
净水沾身喜灌通。
梵韵空悠龙虎谷，
千年古刹静虚灵。

拾肆

圣严率众送佛头　泉城人民得尊严

阿閦佛像不再分离，海峡两岸弘法，可静飨人间烟火，自在闲定普济众生。托圣严法师和阿閦佛像的惠赐，在两个多月的时间里，我几乎天天接受记者的采访和交流。在济南机场送走圣严法师的回家路上，接到新华通讯社张宋红和赵大勇，以及中央4台王海涛记者要采访的电话，回家后整上午忙于他们采访和录像。我有睡午觉的懒习惯，有心事入不了梦。刚合眼朦胧中听到敲门声，忽然想起下午还有《大众日报》记者白敏和晁明春来访。在这些记者采访过程中，都表现了他们对阿閦佛头像回归无比高兴的心情，都有一个共同的自豪感，都认为圣严法师送回佛头像就是送回了济南人的尊严。

白敏和晁春明采访结束时已过17点，我和他们一块走到楼下活动。天气开始阴沉，微风可能是受宿舍高楼的影响方向不定，天上开始一片一片落雪花。这时在楼间小径散步算是戏弄美景，片片雪花在风中伴舞，走到哪里都是飘然柔姿相随。雪下了一夜，20多厘米积雪盖在大地上，多少年来济南都没有下过这样兆丰年的大雪。

泉城瑞雪逢时运，
不动回归盛典盈。
五载寻佛尊妙语，
人间感动济南情。

我早起床,站在院落中心的小广场里。佛头像回来,洁白的世界给我空透纯洁而又豁达开朗的轻松感。正在遐想,我的剑友贺宜来电话,她是跟我学拳(剑)最好的学徒之一。身姿柔美,猫步稳健,出手大气利落,面相气和人缘。她告诉我:"刘老师,今晚下大雪了!"我说:"现在我就站在雪中间,你来帮我堆雪人吧!"她习惯性地咯咯一笑,深情地说:"刘老师,这几天大家都在说,济南人应感谢您和圣严法师,四门塔佛头像回来,送回了济南人的尊严!"

阿閦佛头像回归,纷纷报纸尽宣传,台台电视都影像。2003年3月,法鼓山文教基金会搜集海峡两岸自2002年9月以来宣传阿閦佛头像回归资料,装订成三大本复印件呈报联合国教科文组织。据不完全统计,报纸杂志共发文143篇,其中大陆及香港61篇,台湾

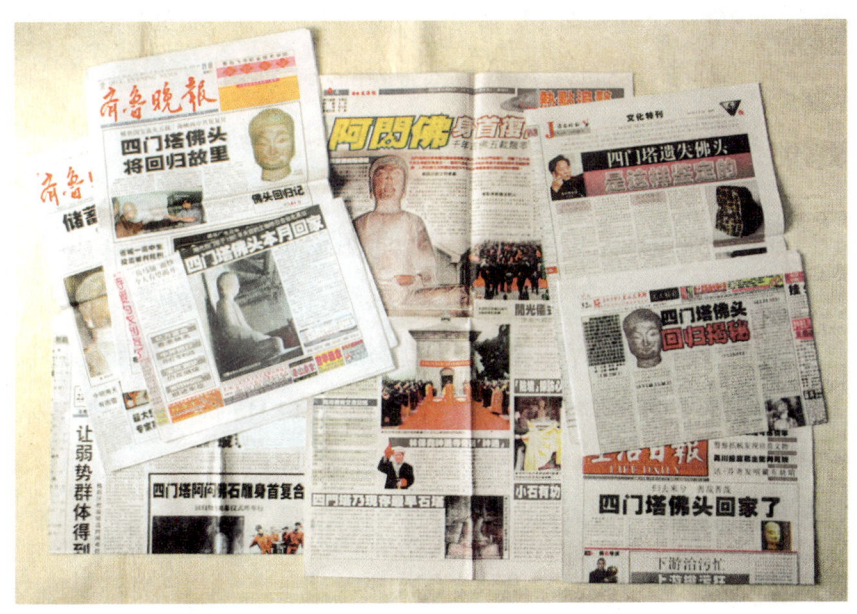

阿閦佛头像回归过程中,报道回归新闻的部分报纸

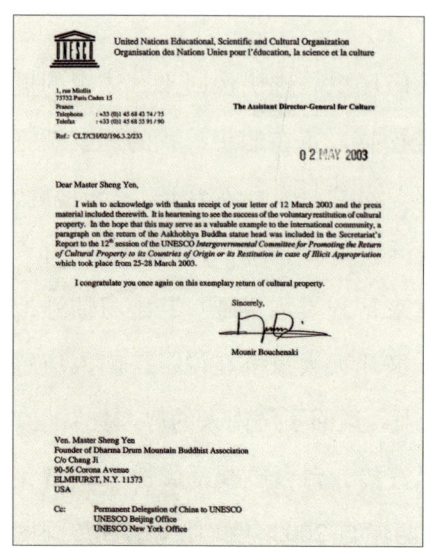
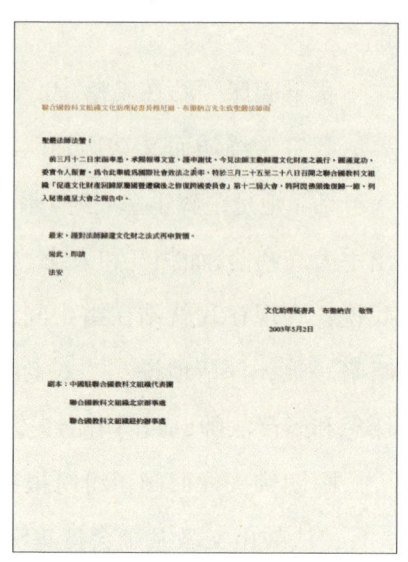

联合国教科文组织文化助理秘书长穆尼尔·布彻纳吉先生致圣严法师函（英）

联合国教科文组织文化助理秘书长穆尼尔·布彻纳先生致圣严法师函（中）

78篇，国外4篇；电视和广播电台共63则，其中大陆及香港11则，台湾52则；网站发布共76篇，其中大陆及香港65篇，台湾11篇；还有台湾通讯社发稿15篇。联合国教科文组织也表示高度重视和支持。

在各种大量的宣传中，大家都还是翘盼中央电视台周凌和高月编辑与主持的《四门塔佛头像回归》专题片。一是因为中央台艺术水平高，在全国影响大；二是山东的地方台经常受许多不利因素影响，有时不全面，有些具体情节也不尽客观。5月12日，周凌电话告诉我，中央10台在16日晚9点和17日（星期六）14点35分播放，中央1台在17日早1点40分播放。

在这两天时间里，我接到了全国很多朋友来电话祝贺，也接到山东大学党委宣传部孙长俊副部长和薛贻康、郑杰文等10多位教授的电话赞誉。17日清晨,我到山东大学五宿舍北门报亭买报纸,突然听到身后喊:"刘老师,今天早上我在中央1台看到你的专题片了。"我回过头一看是山东大学艺术学院侯康为教授,"侯老师,谢谢你关注!耽误你睡觉了。"侯老师激动地说:"今早我睡晚了,看到中央1台有您的节目,我立刻把我爱人(山东大学艺术学院邵丽霞教授)喊起来一起看。你了不起,佛头像回归的过程讲得很清楚而又非常生动,没有一句重复的话。我感动地光想掉泪,圣严法师把阿閦佛头像送回来,就是送回了我们济南人的一个大尊严。你为山东做了一件大好事,为山东大学争了光,功德无量!"

那段时间,我走到哪里都有人认出我。一天中午,我下课回到宿舍门口,有几个小姑娘在卖草莓和其它水果,我停下自行车在筐子里捡草莓,旁边一个姑娘指着我说:"他就是在报纸上和电视里经常看到的搞回四门塔佛头的人。"大家把目光投向我,认同的笑声是那样的灿烂与温馨。后来我自己驾车,有两次在市里被警察叫停。每次警察看到我的驾驶证时都再仔细看看我,微笑着说:"你是刘凤君教授?就是你把四门塔佛头像搞回来的,你可是我们济南的功臣啊。请以后注意!"很恭敬地把驾驶证递给我,并致礼目送我离开。

济南神通寺四门塔,根据造塔题记建于隋大业七年(公元611年),它造型大方、古朴、传统而又典雅奇特,被誉为华夏第一石塔,是国务院第一批公布的重点文物保护单位之一。塔内中心柱四面的四尊石雕佛像,虽各有不同的造型和神姿特点,但根据山东境内北朝至唐代佛像发展序列分析,塔内四尊佛像应是隋代建塔时雕刻的佛像。它们雕工精致,刀法娴熟,细部加工考究,造型庄重生动,适度的身姿动势和美俏的五官与神圣的慈颜,完美地表现了佛教大慈大悲的至高意境。它像四颗明珠,镶嵌在塔中心柱的四面,被视为镇塔之宝。佛塔一体,相融增辉。济南人都清楚地记得,2002年12月17日,丢失5年之久的四门塔阿閦佛头像在圣严法师等人的护送下又回到了济南,就像流落它乡的孩子又投进了母亲的怀抱。济南人高兴了,奔走相告。12月19日,佛头像安然地准确无缝地接到了佛身上。12月21日,圣严法师、明哲长老等大德高僧亲自为法体合璧完整的阿閦佛像隆重开光,圣严法师将覆盖在阿閦佛身上的红布微微拉下时,阿閦佛重生了,闪着昔日耀人风采的同时,又厚载着海峡两岸一段可歌可泣的文化殊缘。它将永载史册,为世人歌颂咏唱,随着时间的推移和社会的发展更将显出它深远的历史意义。

神通寺是济南地区佛事活动的主要圣地,也是济南最重要的观赏景点之一。四门塔佛像具有特殊的魅力,一直在感悟着济南人,净化着人们的心灵。四门塔与塔内佛像的存在,人们似乎有一种说不尽道不完的荣耀感。

四门塔与塔内佛像也早已名扬海内外,1921年日本学者关野贞和常盘大定等人考察四门塔,1925年出版的《中国佛教史迹踏查记》,对四门塔和塔内佛像进行了详细记载和评述,此书后来多次再版,影响很广。1925年欧洲人喜龙仁出版 Chinese Sculpture,也详细介绍了对四门塔和塔内佛像的调查资料。国外学者的广泛宣传,使许多人都非常关注四门塔和塔内的佛像。据传,西哈努克亲王准备来济南时,就曾点名要到四门塔观看和礼拜塔内中心柱东壁的阿閦佛像。在许多人眼里,四门塔与塔内佛像成了济南文化的重要象征之一。

1997年3月7日深夜11点多,蓄谋已久的四名不法分子用铁锤砸掉了四门塔中心柱东壁阿閦佛的头像。不法分子的铁锤砸掉了阿閦佛头像,也敲痛了济南人的心,损毁了济南人的荣誉感。"谁来为古文明抚平创伤！""佛头去了，但并非悲剧的第一幕。"各种报刊纷纷报道济南人和全国人们激怒的声音以及对不法分子的强烈谴责。山东省立即列为文物大案，济南市公安局组成专案组全力侦破此案，虽然抓获了其中的3名不法分子，但丢失的阿閦佛头像仍是下落不明。

自己家里的国宝没看好，让别人偷走了。更有甚者，阿閦佛头像在被盗走之前，已有不法分子窥视许久，还有人在佛头丢失前用锯在佛脖子上锯过三条深沟而未盗成。警钟已敲响，本应看管好，结果还是被人轻易砸掉盗走了。你说丢人不丢人，真是丢人啊！也只好把通往四门塔的路一堵，把四门塔的大门关闭起来，谢客了。

台北艺术大学美术史研究所所长林保尧教授是研究佛像艺术的专家，他曾分别在1998年8月和1999年8月两次专程来济南观看四门塔佛像，都因佛头被盗，不能去四门塔，"二访未遇"。林保尧教授后来感慨地说："想想，这么老远来，怎会如此。因此，对于一直想考察的神通寺四门塔，只有停留在所谓的早年东京大学关野贞、常盘大定两位教授的《中国佛教史迹踏查记》的图片印象里。"1999年秋天，四门塔还是羞答答地又对游人开放了，丢掉佛头这种特殊的遗憾，每个观赏者都留下了数落不尽的尖刻语言。不久请人根据中心柱西壁佛头像复制的安装在阿閦佛身上的"新头"，同样令人扼腕叹息。"太不像了""真不协调""真的会笑，复制的不会笑""这件假头连真身的艺术也给糟蹋了"……观赏者的指责，句句中的。济南人就这样度过了几年漫长的痛失佛首的日子。

2002年9月，台湾省政府批准同意法鼓山文教基金会向四门塔捐赠佛头像。"四门塔佛头要回家了！"济南人几年的期盼，几年的努力，终于要有结果。2002年12月17日，台湾法鼓山文教基金会董事长圣严法师亲自率领送佛头像代表团来四门塔捐赠佛头像。圣严法师的功德盛举，似乎也感动上天苍穹，连续十几天的雨雾天气突然变得云开雾散，阳光灿烂。佛头回来了！完整无缝地安装在佛身上。天公继续作美，在我们刚送走圣严法师等客人之后，济南及其周围地区喜降十多年未遇的大雪，大地圣洁，天人感应，可以向全世界人民宣布，我们的镇塔之宝没有丢，世界宗教领袖圣严法师赠送回来了。他送回了济南人的尊严，几百万济南人心里因丢佛头压抑而形成的阴影也逐渐荡然洗去。阿閦佛头像的回归，使济南更加名扬海内外，为今后的经济文化交流增加了新的契机。

注释：

中华新韵
七绝平起首句不押韵
平平仄仄平平仄，
仄仄平平仄仄平（韵）。
仄仄平平平仄仄，
平平仄仄仄平平（韵）。

泉城瑞雪逢时运，
不动回归盛典盈。
五载寻佛尊妙语，
人间感动济南情。

拾伍

流失文物要回归　阿閦佛头树典范

法鼓山圣严法师得到阿閦佛头像，为保护中华民族的文化遗产，毅然决定无条件送回四门塔，使身首分离五年之久的阿閦佛凤凰涅槃，法体重生完善。不但济南人倍感荣幸，而且也为流失海外文物的回归找到了一条完善的途径。

我们中国今天已是国势强盛，怎样使流失的文物回归祖国和回到它原来的地方，已成为人们极为关注的课题。目前流失海外的一些文物已逐渐通过各种方式回到国内，这就使我们不得不认真考虑四门塔阿閦佛头像回归的特殊意义，争取更多文物像阿閦佛头像这样尊严地顺利回归。

由于历史的种种原因，我国是一个文物艺术品流失大国。据中国文物学会统计，从1840年鸦片战争以来，有超过1000万件中国文物流失到欧美、日本和东南亚国家，其中国家一、二级文物有百万余件。在全球47个国家的200多座博物馆中，收藏着上百万件中国文物。瑞典的一个小博物馆，也许可以说明中国文物流失到底严重到什么地步。这座小博物馆座落在只有两万人的小城。这个小城在北欧的地图上根本没有标明它的位置，可这个博物馆所收藏的中国一级文物就有几百件。特别是中国汉、唐时期精美的金银器皿在国内尚且很难见到，在这个小城的博物馆里却随处可见。20世纪末，笔者曾几次应邀赴台湾讲学，在近10家博物馆中见到流失台湾的山东青州地区出土石佛像就不少于七八十件之多，[1]而且多是精品，这仅是几年内一个小小的青州地区流失到台湾的石佛像。和朋友们讲起来都感到吃惊，何况自19世纪以来全国范围内流失海外的文物，更是无法统计了。

大量流失海外的文物多数散落在民间收藏，也有许多著名的大博物馆堂而皇之地陈放着中国的文物精品，如英国大英博物馆、美国大都会博物馆、法国吉美博物馆、俄罗斯圣彼得堡博物馆和日本东京国立博物馆等。如何使这些流失海外的文物回归故里，是我们今后对外文化交流的一项重要工作。

近200年中国文物持续外流的状况，今天已经发生了很大变化，文物的回流越来越多。目前文物的回流主要有三种渠道，即回购、通过国际司法途径追讨和回赠。

现在还是以回购为主。1994年北京翰海艺术品拍卖公司举办第一场文物拍卖会。当时境外拍品不到拍卖总数的5%，而此后从国外回流的拍品数量逐年增多，在20世纪末已经超过总量的20%以上。特别是从本世纪初开始，文物的回流出现数量多、质量高的新趋势，2002年全国拍卖成交的8796件文物，海外回流的约占3000余件，成交价超过百万元的有25件。这其中就有2002年春以2530万元人民币成交的宋徽宗赵佶《写生珍禽》、2002年秋季以2999万元人民币成交的米芾《研山铭》和2003年7月北京故宫博物院以2200万元人民币购得的《晋索靖书出师颂》等。从国外直接买回的中国文物也越来越多。在英国伦敦，一个估价人民币1200万元左右的清乾隆粉彩镂空瓷瓶，最终被中国买家以约合5.5亿元人民币的天价购得，创下中国艺术品在全球拍卖的最高价格；2005年底，在日本花

---

〔1〕 刘凤君：《海峡两岸青州佛像观感》，《中国文物报》2000年5月7日。

费4800万元人民币买的商末子龙鼎。它藏于中国国家博物馆,他是青铜器的精品,与后母戊鼎一圆一方,堪称青铜国宝中的绝世双璧。

为了促使文物从海外回流,早在2002年起,国家文物局就设立了"国家重点珍贵文物征集专项经费",每年拨款5000万元人民币,用以购买具有代表性、文物艺术价值极高的珍品。事实证明,凭回购的渠道使更多的流失文物回归是不可能的,因为价格太高,再说有许多文物是被抢走的,或廉价流失的,再高价卖给我们也不合国际法规和公德。这种回购一方面给文物"洗白",承认了流失文物的合法性,另一方面炒高了文物价格,助长文物走私的猖獗。

通过国际司法途径追讨文物也是近些年我们一些组织在努力做的尝试。联合国教科文组织《关于被盗或非法出口文物公约》规定,任何因战争被抢夺或丢失的文物,都应该归还。我国因以上原因丢失的文物太多了,但许多收藏我国文物的一些国家无视这一规定,拒不归还我国。因此,追讨流失文物的途径目前难度很大。通过国际司法途径追讨我们的文物,以2019年4月10日从意大利回国的796件文物较为典型。这是中国流失文物追索返还工作中历时最长、也是近20年来最大规模的中国流失文物回归。在12年的追索返还过程中,彰显了中华人民共和国日益强大、巍立于世界之林的地位。

像圣严法师赠送阿閦佛头像一样,通过回赠方式争取更多的流失文物回归应是今后主要的渠道。在这方面也已经有一些类似的成功先例。如前几年台湾震旦文教基金会董事长陈永泰通过上海台办赠送回山西省灵石县资寿寺明代罗汉头像,至今仍是文化交流领域的美谈。2006年初,美籍华人邓芳、范世兴夫妇联络海内外华人14人,联手花费巨资购买"流浪"海外的31件中国汉代珍贵文物,并把它们无偿捐赠给祖国。他们热爱中国文物、无私奉献的文化情怀永留青史。2014年，星云大师收到一位台湾企业家信众捐赠的一尊佛首，经两岸佛教文物专家鉴定确认后，与现藏于河北省博物院的释迦牟尼佛像身相吻合。星云大师痛心于佛像的"身首分离"，表示愿意无偿捐赠，现已入藏河北省博物院，与佛身完美结合。

四门塔阿閦佛头像的回赠更具有典型性和代表性，可以说她的回归是两岸文化交流不断深入发展的结晶，也是两岸学术团体和宗教团体在政府的协调、指导和领导下发展海峡两岸文化交流合作的成果。2002年春天，法鼓山圣严法师的弟子向法鼓山捐赠在海外购得的佛头像。圣严法师当即表示愿将佛头捐赠原处，为保存中华历史文化尽一份心力，把佛头像的回归建立在了自愿和主动基础之上。圣严法师特请台北艺术大学美术史研究所所长林保尧教授和我联璧研究鉴定佛头像；我鉴定佛头像出具鉴定书后，圣严法师又十分明确地对我说："我们委托你，请你继续负责佛头像的后续业务工作和这件事在大陆的协调与联系工作，今后法鼓山基金会通过你与山东省进行联系。"圣严法师还进一步指出："希望把鉴定和捐献佛头像始终作为海峡两岸文化交流的事来做，作为一件重要的学术活动来做。"圣严法师利用两岸的学术机构来完成佛头像回归的大事，提升到学术研究和文化交流的高度，充分发挥学术团体与专家们的研究作用和纽带作用，这是其它任何一件文物回归所没有的深层次的学术文化交流。在这种良好的文化学术交流基础上，经法鼓山文教基金会申请，2002年9月18日台湾省政府批准同意法鼓山向四门塔捐赠阿閦佛头像。我回到济南后得到了地方政府的支持，特别是济南市历城区人民政府对佛头像回归的事更是关心。我向山东省政府蔡秋芳副省长作了认真汇报。蔡秋芳副省长听了汇报后说："这件事是大好事，一定要认认真真做好。"还进一步指出："把这个事定位在学术交流和宗教范围内""政府要在后台,前面是山东大学美术考古研究所和省佛教协会,政府在背后大力支持。"蔡副省长为迎接佛头像召开多次协调会,后来济南市谢玉堂市长根据变化的需要成立了济南市文物保护协会作为迎佛代表团赴台迎佛头像。两岸学术团体和专家们的民间学术鉴定研究活动,得到了双方的认同、支持和批准,一切都理顺了。四门塔佛头像回归更值得骄傲的是圣严法师亲自率法鼓山文教基金会学术代表团乘机将佛头像送回四门塔,亲手交给了四门塔文管会,并亲自为法体完整后的阿閦佛像开光。这是流失海外文物回赠中,学术文化氛围最浓、程序最科学、文物回归最庄严、进行得最顺利的一次。

  四门塔阿閦佛头像的顺利回归,不但为众多流失海外文物的回归做了一次意义深远而又十分成功的尝试,而且因为法鼓山文教基金会圣严法师主动、自觉保护文物的精神,也提高了我们保护文物的自觉性。2002年12月17日圣严法师在捐赠佛头像时很激动地说:"法鼓山将这尊古石雕佛头送还四门塔,是期望通过这次活动唤起两岸民众一起保护文物并促进两岸文化和情感的交流。这尊有着1400年历史的佛头像是先民智能的遗产,中华民族的血脉是相通的,文化是相通的,把佛头像送回来,远比保留在法鼓山更有意义。""把我国的文物当作私人财产来收藏,甚至待价而沽,其实是一种很自私的做法……我希望其他的博物馆也这样,不要把人家的文物藏起来。它不是某一个人的财产,而是全人类文明的结晶,这不是金钱所能衡量的,因为比收藏更重要的是对文物的保护。"法师是这样说的也是这样做的,我们深信在他的带动和启发下,今后会有许多流失海外文物像圣严法师这样主动捐赠回来。所以回归的不仅是阿閦佛头像,而是唤起全民族爱护文物和保护文物自觉性的动力,是争取更多流失文物顺利回归的最佳途径。

拾陆

再塑金身阿閦佛　诚心致谢法鼓山

我在台湾鉴定阿閦佛头像后的第三天，圣严法师和我们商谈怎样把佛头像送回四门塔。我当时高兴地向法师承诺，佛头像回归后，山东大学美术考古研究所采用雕刻阿閦佛像的石材，按比例缩小复制一尊阿閦佛像赠送法鼓山，圣严法师高兴地连连点头。佛头像回来后，我念念不忘并几次在迎佛头像回归的活动时提过这件事。济南市考古研究所曾雕刻了一件和阿閦佛头像一样大的复制品赠送法鼓山，但这件复制品不是用雕刻阿閦佛像的石材，面相神态也差距较大。

2003年10月，我和刘继文找到四门塔文管会陆主任，说明为了复制阿閦佛像赠送法鼓山，需要在四门塔北边山坡上采块石头，陆主任很支持。刘继文找来4名工人，在我俩指导下挖坑凿石。第二天中午，他们已凿出4块高60、宽50、厚40厘米的石料。我请他们吃午饭后把石料抬到山下存车场，我支付他们1500元工钱。

我和刘继文在四门塔停车场看到一位老人坐在旁边，地上放着几件瓷器。我一眼看上一件可能是清末民初的青花瓷碗，我指着问："这件多少钱？""200元！"刘继文拉了下我的胳膊悄悄地说："太贵了！"我说："为阿閦佛重塑金身，老佛爷高兴了，他在赏我钱。"我付钱后拿在手上。继文问："为什么说阿閦佛赏你钱？""这件青花瓷碗可能值2000元，请吃饭和支付工费不到1700元，老佛爷还多赏给了我钱。"哈！哈！我俩开怀笑了起来。

刘凤君教授（左）和刘继文副主任（右）在采集复制雕刻阿閦佛像的石材

因四门塔阿閦佛头像回归，界空法师有缘入住并主持神通寺。他知道我采石复制阿閦佛像的事后，找到我说："刘教授，神通寺代表您和山东大学美术考古研究所复制阿閦佛像送给法鼓山，帮您完成心愿好吗？"我很同意并感谢界空法师，把最好的一块石料送给他。

几天后，界空法师派车接我和刘继文前往嘉祥县石雕厂请回一位李师傅。他先在停车场看了看石料，然后跑到四门塔观看了一会儿阿閦佛像，对佛像的各个具体部位进行测量，密密麻麻记在小本上。再回到停车场量了量石料的尺寸说："这块石料可以雕刻出三分之一的佛像。"不到两小时功夫，他就凿刻出佛像的大荒。令人叹绝，大体轮廓和主要部位已很像阿閦佛，可以说是阿閦佛的大写意像。

一起吃过午饭，他又跑到四门塔内看阿閦佛像。这次他用手摸得时间较长，从头顶的螺髻、面相的轮廓、高起的通天鼻、三道脖颈、修长的肩臂、宽平的胸脯和结跏趺坐的腿脚等都摸得很仔细。他是在摸阿閦佛像各部位的运刀方法、圆雕和浮雕的匠心组合以及转换处的巧妙连接。回到雕刻的佛像前，他换了较为小巧灵动的各种刀、凿和铲，仔细从上到下对阿閦佛像做开细荒的减法。

　　第二天中午，我再到现场看时，阿閦佛像已被李师傅精雕细凿得比较真实。我又随他到四门塔内观看阿閦佛像，这次他主要观察佛的面相五官和佛的手脚。他从各个角度观察得非常认真，手摸线条的运势，感觉刀刻的缓急与深浅跳动，体会平面的韵致与立体的构思。他琢磨透了佛像神韵的奥妙，再细雕佛像时下刀如有神。

　　第三天下午，新刻的阿閦佛像已精致完好，可与真阿閦佛像媲美。更令人叹奇的是，它坚硬的质地和良好的色泽，经过平修、皮磨和抛光后，天生丽质，俨然一尊美轮美奂的和田青白玉佛。我虽研究过古代佛像与雕刻技术，但李师傅复制雕刻阿閦佛像的匠心审美度视和高超的运刀技法，启迪了我心灵艺术的升华。近几年不断有法鼓山的客人来访，谈到这件佛像时，都为她的石质和精湛艺术津津乐道。

　　俗话说，日久生情。以前看过很多雅典神与凡间的动人传说，也经常引用皮格玛利翁与象牙妻的故事解释以形传神的审美标准，但总认为和中国的牛郎织女一样，只是一种美好的追求和香梦境中的寄托。都说魂牵梦萦的情思心挂，我和四门塔阿閦佛像还真结下了这样的缘分。一直到现在，每隔不多长时间，我就要到四门塔见她一面，仰视她一会儿，唠叨几句心底话，感到经常得好报。她虽是一尊石雕像，也不可能像皮格玛利翁雕的象牙一样幻化美女，但

刘凤君教授和夫人苏玉玲研究员在新修复完善的阿閦佛像前合影

我认为她是我们还未揭秘的佛像艺术,因为她是佛教文化的结晶。

随着时间推移,越发感觉阿閦佛头像回归意义深远。2003年12月17日,山东大学美术考古研究所和济南市历城区政府在济南主办"山东首届佛像艺术研讨会暨四门塔阿閦佛头像回归一周年纪念大会"。来自北京大学、台湾文化大学和各大博物馆的专家教授六十余人出席会议。我作"四门塔阿閦佛头像回归的意义"主题演讲,我认为其意义主要有三个方面:一、圣严法师无偿捐赠回佛头像,送回了济南人的尊严;二、佛头像回归,将促进和加速海峡两

137

"山东首届佛像艺术研讨会暨四门塔阿閦佛像回归一周年纪念大会"与会全体代表合影

《阿閦佛头像回归纪实》首发式暨四门塔阿閦佛头像回归两周年纪念大会

为纪念阿閦佛头像回归五周年,山东电视台主持人王乐斌(左)采访刘凤君教授(中)和刘继文副主任(右),并制作"四门塔阿閦佛头像回归"专题片

四门塔阿閦佛头像回归十周年纪念暨神通寺石刻造像保护与研究座谈会

岸文化交流；三、为争取流失海外更多文物的回归探索了一条最佳途径。这三点意义，得到了与会专家认可。[1]

阿閦佛头像回归两周年，山东大学美术考古研究所举办"《阿閦佛头像回归纪实》首发式暨阿閦佛头像回归两周年纪念大会"。

佛头像回归五周年，山东大学美术考古研究所又举办了一次纪念活动。山东电视台著名主持人王乐斌采访我和刘继文，并制作"四门塔阿閦佛头像回归"专题片，长期在电视反复播放，家喻户晓。

阿閦佛头像回归十周年，我们又举办"四门塔阿閦佛头像回归十周年纪念暨神通寺石刻造像保护与研究座谈会"。佛头像丢失破案与回归过程中的节点人物以及参与者踊跃与会，畅聊记忆中的岁月，阔谈令人激动和快慰的时刻。慈悲长存，佛心永恒。佛头像回归20周年……50周年，甚至更远，我们都会纪念。

半百年华缘梵宇，
神通载誉大德归。
佛经大藏铭弘志，
愿惠期颐庆典眉。[2]

---

[1] 刘凤君：《四门塔阿閦佛头像回归的意义》，台北，《中华佛学研究》第八期（2004年3月）。

[2] 期颐，指百岁之寿的老人。"期颐"源于汉时戴圣所辑《礼记·曲礼篇》："人生十年曰幼，学。二十曰弱，冠。三十曰壮，有室。四十曰强，而仕。五十曰艾，服官政。六十曰耆，指使。七十曰耋，而传。八十九十曰耄……百年曰期，颐。"所以称百岁老人为"期颐之年"。

注释：

中华新韵
七绝仄起首句不押韵
仄仄平平平仄仄，
平平仄仄仄平平（韵）。
平平仄仄平平仄，
仄仄平平仄仄平（韵）。

半百年华缘梵宇，
神通载誉大德归。
佛经大藏铭弘志，
愿惠期颐庆典眉。

附录

一　阿閦佛头像鉴定书

经过对这尊石雕佛头像的详细观察和分析，我们的主要结论如下：

一、从整体观察，它和四门塔现存的另外三尊佛头像具有同一个时代风格和类型特点，也和东壁佛身像的雕刻技法、风化程度、整体造型特点均相一致。

二、佛头像的石质和我们在四门塔附近采集到的石块样本，不论在石质的坚硬程度、颜色、色斑、纹理，以及白色金属结晶点等方面都完全一致。证明这尊佛头像就是取自当地的石材雕制的。

三、从它的雕刻技法、运刀方式和表现特殊的艺术效果，以及表现的五官特征，都与四门塔现存的佛身像雕刻和造型相一致。

四、从其自然风化的程度分析，表面石质的陈旧和以前历代所绘的色彩褪化与脱落情形分析，都是自然形成的，这与四门塔佛身像的情况是一样的。特别是两耳下垂的地方以及脖子几处水浸的痕迹，佛头像和佛身像是上、下相吻合。

五、佛头像的尺寸，不但和现存四门塔西壁的佛头像尺寸相似，而且也和东壁佛身像的比例相协调。特别是颈部断面处的周长也和四门塔现存佛头像颈部断面处的周长几近完全一样。

六、从被盗时所锯的锯痕来看，佛头像上的锯痕也和佛身像上的锯痕，在深浅和宽窄等各方面都自然相合。

因此，依上述结论，我认为这尊佛头像就是1997年山东神通寺四门塔内中心塔柱东壁（丢失的）隋代佛像的头像，这是肯定无疑的。特此证明。

本鉴定书壹式贰份。法鼓山与山东大学各留存乙份。

山东大学　校聘关键岗位　教授
美术考古研究所所长　刘凤君
2002年7月19日

二　阿閦佛头像回归时圣严法师与山东省和济南市领导致辞

圣严法师在四门塔赠送阿閦佛头像仪式上的致辞（节录）

2002年12月17日

圣严法师在致辞中简单介绍了佛头在台湾的发现、鉴定以及决定送还祖国大陆的经过。他说："这么巧，有佛教弟子将佛头送给我们基金会，佛头是从哪里来的呢？我找到了台北艺术大学的林保尧教授，正巧他是研究山东佛教造像艺术的，他从时间、造型、大小等方面认为可能是四门塔的佛头。但为稳妥起见，我们又联系到了山东大学的刘凤君教授进行鉴定并促成送还祖国大陆一事。刘教授到台湾，一见这个佛头就说'是的，就是四门塔的'。我问他为什么？他说，'肯定的，这就像一个孩子看到母亲一样……'"

圣严法师说："自己是读书人，对于文物保护非常重视，曾到祖国大陆和印度等地，看到被破坏的文物，非常痛心，看到石雕佛头，就好像自己的头被砍了一样。因为这是祖国的智慧和遗产，子孙不肖，将其破坏。自己希望抛砖引玉，引起人们对祖国文物的保护重视。"

济南市市长谢玉堂在欢迎台湾法鼓山文教基金会董事长圣严法师一行宴会上的致辞

2002 年 12 月 17 日

尊敬的圣严法师，尊敬的法鼓山文教基金会参访团全体嘉宾，女士们，先生们：

今天是济南文物界和全体市民一个大喜的日子，在圣严法师和法鼓山文教基金会参访团和各位嘉宾的护送下，失盗多年的济南市四门塔阿閦佛佛首，几经辗转，回到故里。在此，我代表济南广大市民并以我个人的名义，向圣严法师和法鼓山文教基金会参访团的全体嘉宾表示热烈欢迎！

圣严法师在台湾佛教界德高望重，法鼓山文教基金会是台湾著名的佛教团体。多年来，法鼓山文教基金会在圣严法师的带领下，为弘扬佛教文化、传播中华文明做了大量善事善举。此次圣严法师亲自率领各位嘉宾将四门塔佛首护送回济南，使阿閦佛得以身首复合，为保护祖国文物、促进两岸文化交流作出了突出贡献。对此，我们深表敬意和感谢！

济南具有 4600 多年的建城史，是著名的历史文化名城，也是佛教最先传入山东的地方。传说东晋时期佛图澄就已到长清创建寺院。据可靠史料，僧朗于前秦皇始元年（公元 351 年）开始在济南活动，先在历城琨瑞山大起殿舍，称"朗公寺"（隋文帝时改称神通寺）；后到长清方山之阳创建灵岩寺。此后历代佛教兴盛，留下众多遗迹。尤其北魏、东魏、北齐、北周、隋、唐、宋、元等各时代均有石窟造像或石刻遗存，成为济南历史文化遗产的一大特色，也为两岸佛教界开展佛学研究和交流活动提供了良好条件。欢迎圣严法师及法鼓山文教基金会的嘉宾们方便时来济南观光参访，共同发扬光大中华文明。

最后，再次感谢圣严法师及法鼓山文教基金会捐还阿閦佛佛首的善举，祝愿圣严法师和法鼓山文教基金会全体嘉宾在济南期间身体健康、生活愉快！

谢谢大家！

济南市副市长陈国栋在"四门塔阿閦佛古石雕头像回归修复揭幕式"上的致辞

2002 年 12 月 21 日

尊敬的圣严法师，法鼓山文教基金会参访团各位嘉宾，女士们，先生们：

大家好！

今天，我们在这里隆重举行阿閦佛石雕佛首修复揭幕仪式。我谨代表济南市政府和济南市民对圣严法师、法鼓山文教基金会参访团将珍贵的阿閦佛石雕佛首送还四门塔的善举，表示由衷的钦佩和诚挚的感谢。

四门塔内的 4 尊石刻造像，具有很高的历史、艺术价值，可谓我国东魏石刻造像的代表作。1997 年，四门塔内东侧阿閦佛佛首被盗，并流失海外。今天，以圣严法师为代表的法鼓山众位善士将弟子们在海外购得的该佛首送还故里，使四门塔阿閦佛重现昔日的神采，这是济南市文物界的一大盛事，是两岸同胞共同保护中华民族优秀历史文化的具体体现，反映了海峡两岸人民的深情厚谊和弘扬中华民族灿烂文化的美好愿望。我们相信，这一盛事必将载入济南文化的光辉史册，铭刻在全市广大市民心中。实现中华民族的伟大复兴，是海峡两岸人民的共同心愿，让我们大家携起手来，为弘扬中华民族悠久、灿烂的历史文化做出更大的努力，为完成祖国统一大业作出应有贡献。

最后，请允许我再次向圣严法师及法鼓山文教基金会参访团各位嘉宾表示深切的谢意。

谢谢大家！

三　阿閦佛头像被盗公安破案报道

追踪盗掘古文化遗址罪第一案——佛头失窃案全揭秘

朱德泉　李冉

　　从济南往南约20公里处，在群山之中有一座我国现存最古老的亭阁式古塔，名叫四门塔，它是国家第一批公布保护的一级文物。

　　四门塔始建于隋朝大业七年，距今已有1300多年的历史。塔内，塔心柱四面各有一尊石雕佛像，东方香积世界阿閦佛是其中一尊石雕佛，为东魏武定二年杨显叔为其父忌日所造。

　　由于四门塔的艺术价值，数不清的国内外游客几乎都到此塔参观这几尊石雕佛像。

　　然而，1997年3月7日这天，罪恶之神也降临到这座佛塔，一夜之间，珍贵的石雕"香积阿"佛像佛头被人一锤敲下，拿去卖了。

　　斗转星移，五载春秋，下落不明的"香积阿"佛头终于重返人世，即将重归故里。这五年间，警方的侦破无时无刻不在进行，三名逃之夭夭的主要案犯被绳之以法，其中一人已经伏法。

　　悲情的"香积阿"终于可以得到些许的抚慰了。

"香积阿"佛头不见了
只见塔门大开、铁锁委地、石屑散落

1997年3月8日清晨,四门塔文管所职工李春友像往常一样,提前来到塔门口上班。刚到塔门口,他就感到不对劲,因为头一天下班时,塔门明明是锁好的,可现在塔门却四敞大开,平时锁门的那把大锁,零乱地散落在地上,再看塔里面,木门也被人撬开了。李春友扑进塔内,只见昔日那个身披红袈裟,慈眉善目的"东方香积阿"佛只剩下了半截身子,头不见了,袈裟也被撕烂了,地上满是散落的石头碎屑……

一时间,国内许多媒体纷纷披露此事。济南警方立即成立了专案组,全力破案。

而此时,在河北省宁晋县,却有一帮人正在为盗得佛像而商量如何脱手赚大钱。

一锤下去轻易得手
开着"东风",闯到山东,夜里行动

盗窃"香积阿"佛头的正是李栓群一伙河北省宁晋县的农民,他们都有贩卖文物的经历。

1996年,李栓群的二哥李栓辉和其五弟小舅子来山东贩卖文物。在交易过程中,李栓辉认识了一个"大个子",此人30多岁,自称住在离济南四五十里远的一个小村子里。一次喝酒后,"大个子"醉醺醺地对李栓辉讲,要想赚大钱,在济南就有,就看你敢不敢干。

济南四门塔有尊石头佛像挺值钱，和西安兵马俑一样，而且地处山区，虽是旅游胜地，但晚上却没人管，极易下手。

李栓辉等回到河北宁晋县后，便对几名同伙说了此事。李栓辉、柳明奇等八人一商量，干。他们便坐着杨英利的东风131汽车直奔山东济南而来。

到济南后，他们先找到了那个"大个子"，让他带路。"大个子"带他们窜到四门塔，李栓群等人买了几张票进去看了佛像，挺满意。这一次，他们到四门塔虽然没有得手，却熟悉了地形、路线。

回到河北宁晋，过了不久，到了1997年春节，李栓群兄弟、柳明奇、杨英利四人定下了行动方案。1997年3月7日早晨，四个人开着杨英利的东风车上路了。

到了晚上11时多，他们把车开到四门塔附近。李栓群、李栓辉、柳明奇下了车，让杨英利把车开到前边一个地方等他们。随后，李栓群三人提着工具到了塔跟前，不一会儿门锁被撬开。

他们最后选定向"香积阿"佛下手，李栓群、柳明奇爬到放佛像的石台上，柳明奇在右边用大锤砸，李栓辉则在下边用手电照亮，柳明奇原想石佛很难弄，使足劲狠狠地朝石佛砸了过去，谁知，只砸了一下，佛头就掉了下来。三人轮换着扛着佛头下山，与停在路边的杨英利会合，连夜返回宁晋。

6万元就卖了国宝
每人分得1万元赃款，东躲西藏相继落网

时间过得飞快，距离"香积阿"佛头被盗过去了近一年多。在这段时间里，济南警方一刻也没有放弃对案件的侦破工作。同时，

济南警方向全国公安机关发出了协查通报。

1999年9月8日,济南警方接到河北警方的通报,一封群众来信反映,有人在贩卖文物,信的内容正与济南四门塔佛头失窃案有关。信中说,河北省宁晋县高庄河乡丁村柳明奇、李栓辉等人从山西长治弄回来一个石佛头,后来佛头被一个30多岁的广州人买走了。

信中所说的佛头与丢失的"香积阿"佛头惊人的相似,济南警方听到这个消息十分兴奋,济南历城区公安分局立即派刑警赶往河北宁晋县了解情况。然而,当民警到达宁晋县时,柳明奇等人早已不知去向。

随后,两地警方又深入群众了解情况,得知有重大盗窃嫌疑的杨英利正在广州市一家电市场托运部干装卸工,济南刑警立即挥师南下,在广州警方的配合下,1999年9月2日将杨英利抓获。

就地突审,杨英利对1997年3月8日盗窃四门塔石佛像一事供认不讳,并交代了李栓群的去向。2000年2月20日,李栓群在自家菜地浇水时被警方戴上了手铐,押回济南。

据李栓群招认,他们四人在盗回"香积阿"佛头的当天,将佛头藏在柳明奇家中。几天后,柳明奇打电话把李栓群、李栓辉、杨英利叫到家中,说佛头被一个南方人用6万元买走了,他们每人分到1万多元钱。

至此,"香积阿"佛头失踪之谜终于揭开。然而,同案犯李栓辉、柳明奇却畏罪潜逃。此时,那颗珍贵佛头尚不知下落,人们忧心忡忡。

家门口铐住第三个案犯
行程十万里，历时四年多

2000年12月9日，济南市中级人民法院对李栓群、杨英利盗窃国家一级文物"香积阿"佛头一案进行了判决，以盗掘古文化遗址罪判处李栓群死刑，并罚金2万元；判处杨英利无期徒刑，并罚金1万元。

判决后，同案犯李栓辉惶惶不可终日，先后躲藏到新疆等地。案件的侦破一直在继续，李栓辉和柳明奇被济南警方上网通缉。

法网恢恢……

从1997年"香积阿"佛头被盗，济南警方组成专案组，为侦破此案，行程已达10余万公里。

2001年12月1日，济南市刑警支队二大队赵建凯中队长和3名侦查员获得信息，李栓辉有可能回家探亲，警方立即赶赴河北省宁晋县，将李栓辉抓个正着。

有人曾锯过佛脖子
这之前，已有人染指而未遂

李栓群、杨英利盗掘古文化遗址成了《新刑法》颁布之后，中国第一例以此罪名被起诉的案件。陕西省、河南省也曾发生过盗窃佛头案，但当时公诉人都是以盗窃罪起诉的，最后也是以盗窃罪论处。《新刑法》加大了对文物犯罪的打击力度，由此也可以看出国家对文物保护所下的决心。

此案再次敲响古文化遗产的警钟。据了解，济南四门塔除了白天有一个照相的职工看守外,晚上游客走后便锁上门无人值班了。

据案犯李栓群交代,他们在用大锤敲打"香积阿"佛像时,发现佛像脖子上有较明显的锯痕。这说明,"香积阿"佛在李栓群他们到来之前便有了被盗未遂的经历了。

最后一名窃贼仍未归案
佛头流失五载终于要回家乡

至此,神秘的"香积阿"佛头被盗案似乎可以画上句号。然而,截至目前,此案还有一名案犯柳明奇没有得到法律的制裁;根据柳明奇的同案犯交代,佛头交易的操作者正是柳明奇。"香积阿"佛头如何流落海外、辗转漂泊仍然是一个尚未解开的谜团。但是,罪恶昭昭终有期。《新刑法》已经加大了对盗窃、贩卖文物的打击力度:

《新刑法》第十二条:中华人民共和国成立以后,本法施行以前的行为,如果当时的法律不认为是犯罪的,适用当时的法律;如果当时的法律认为是犯罪的,依照本法总则第四章第八节的规定。应当追溯的,按照当时的法律追究刑事责任,但是如果本法不认为是犯罪或者触刑较轻的,适用本法。

本法施行以前,依照当时的法律已经做出生效的判决,继续有效。

《新刑法》第五十三条第一款:罚金在判决指定的期限内,一次或者分期缴纳。

全国人大常委会《关于惩治挖掘古文化遗址、古墓葬犯罪的补充规定》:

盗掘具有历史、艺术、科学价值的古文化遗址、古墓葬的,处三年以上十年以下有期徒刑，可以并处罚金；情节较轻的，处三年以下有期徒刑或拘役，可以并处罚金；有下列情形之一的，处十年以上有期、无期或死刑，并处罚金或没收财产：

第一项：盗掘确定为全国重点文物保护单位和省级文物保护单位的文化遗址、古墓葬的。

第四项：盗掘古文化遗址、古墓葬，并盗窃珍贵文物或者造成珍贵文物严重破坏的。

四门塔佛头被盗案件的五年侦破告诉人们，只要犯下罪行，无论逃到哪里，潜逃多久都将最终落入法网。

《生活日报》2002年9月23日

济南四门塔佛头被盗案案犯潜逃十年终被擒

殷玉国　孙康

国宝佛头不翼而飞

"这起佛头被盗案终于可以结案了！"随着犯罪嫌疑人柳明奇被民警从河北押回济南，10年来，压在济南市公安局刑警支队副支队长孙连和与同事心中的一个"心结"终于解开了。

10年前，孙连和还是一名民警，是侦破此案的重要成员之一。1997年3月8日清晨，济南四门塔内一座面朝东方的阿閦佛佛头不见了踪影……这是一尊造于东魏时期的石雕佛像，是国家一级文物，其价值无法估量！

国宝佛头不翼而飞，震惊了济南警方。"案发后，我们立即成立了专案组，全力侦破此案。"孙连和说，民警发现佛头断痕凹陷，断面东部、东北部及南部都有锯痕！随后，在四门塔东侧的麦田里，民警发现一些凌乱的脚印。在靠近田地一条公路的北侧，民警发现了盗贼搬运被盗佛头时留下的圆点状佛头印痕……

后来，民警了解到，在佛头被偷前的几个月，被盗石佛的脖子就已经有了锯口。是什么人在石佛的脖子上留下了锯口，盗走佛头的人是不是这些人所为？佛头运到了什么地方？

曾有四伙盗贼觊觎国宝

"案发后，我们破获了数十起文物盗窃案件，但没有一件与四门塔佛头被盗案有关系。"孙连和说,案发后一个多月的时间里,案件没有进展,他和同事感到了前所未有的压力。1997年4月6日,根据线索,民警在郑州抓获犯罪嫌疑人范某。范某在济南一带盗卖石佛时间最长,最活跃。民警在范某的住宅里找到了他刚刚运送到郑州的一批石佛,经验证,这些石佛中并没有四门塔被盗佛头。

范某交待,他曾派人到济南四门塔预谋盗窃佛头,但尚未实施盗窃。他说,一个叫谷某的人也常盗窃石佛文物,曾想盗窃四门塔的佛像。

"我们到达谷某家里时,他已经潜逃。但是在他的家里发现了一个佛头。"孙连和说,从外观上来看,这个佛头和四门塔丢失的佛头很像,然而,专家鉴定认为这个佛头不是四门塔被盗佛头。

不久,潜逃的谷某被民警抓获。他说,广东省的陈某等人出资50万元让他和长清的刘某盗窃四门塔的佛头,但他好长时间没有去济南了。

1997年5月,民警将犯罪嫌疑人刘某、李某擒获。刘某告诉民警,当时有人出巨资购买四门塔佛头,所以他产生了盗窃佛头的想法。于是,1996年10月8日,刘某伙同李某、郝某等人来到四门塔,他们用锯条在阿閦佛佛颈上锯了几道口子,然后用铁锤敲打佛头,却没有将佛头敲下来。

1997年3月中旬的一天,刘某等人扛着大锤等工具再次来到四门塔,准备盗窃上次没有盗走的佛头。然而,他们惊讶地发现,以前他们锯过的佛头已被别人抢先偷走了。

1997年6月,民警在章丘抓获了以韩某为首的一个预谋盗窃四门塔佛头的犯罪团伙,韩某曾带领河北省宁晋县一伙专门盗窃石佛的人到四门塔踩点。民警判断,来自河北宁晋县的这伙人具有最大的作案嫌疑。

运佛头卡车牵出盗窃团伙

在接下来的侦查中，民警了解到，案发当天，河北省宁晋县一名叫杨英利的男子曾驾驶卡车带着人到济南的四门塔。四门塔佛头被盗案发生的第二天，他开车载着一文物运回河北。民警在案发现场也发现了卡车的轮胎印迹。

民警当即赶往河北省宁晋县抓捕杨英利，但他已不知去向。1998年9月，潜逃的杨英利终于露出了马脚，民警在河北省石家庄市汽车站得到了他在广州的下落，民警直奔广州。

1998年9月，杨英利被抓获押回济南。他交待了他与李栓群、李栓辉、柳明奇盗窃四门塔佛头的犯罪过程。早在1996年冬天，杨英利和李栓辉等在一次倒卖文物过程中，认识了韩某。韩某告诉他们，济南四门塔有尊石头佛像非常值钱。获此信息后，李栓辉、李栓群、柳明奇、杨英利兴奋不已，他们坐着杨英利的卡车直奔济南而来。到济南后，他们由章丘的韩某带路来到四门塔，这次他们虽然没有得手，却熟悉了地形和路线。

1997年3月7日下午4点多钟，杨英利、柳明奇、李栓辉、李栓群开着卡车再次来到济南四门塔附近。晚上11点多钟，柳明奇、李栓辉、李栓群3人拿着铁锤、自行车单撑等工具来到四门塔，3人发现阿閦佛的颈部有锯过的痕迹，便用大铁锤将佛头敲了下来。

至2001年，犯罪嫌疑人李栓群、李栓辉相继被民警抓获。至此四门塔佛头案的4名主要犯罪嫌疑人，除柳明奇在逃外，其余3人都已落网。从1997年3月8日案发、成立专案组，到抓获3名犯罪嫌疑人，民警辗转12个省、市、自治区，行程达10万公里。2002年底，经多方努力，流失到海外多年的佛头回到济南。

漏网主犯潜逃十年终被抓

"案件侦破了，被盗佛头找回了，但柳明奇在逃，这成了我们民警心中的'心结'。"孙连和说，10年来，民警先后23次到河北省宁晋县追捕柳明奇，但总不见他的身影，他好像从人间"蒸发"了。但民警没有放弃对他的追逃。

2007年6月份，在省公安厅、市公安局开展的"信息追逃"行动中，民警得到一条重要线索：柳明奇近期偷偷回到家，准备和家人收割麦子。

这是抓获柳明奇一个千载难逢的机会！民警迅速赶往河北省宁晋县，在当地警方的协助下，将柳明奇堵在家门口。面对从天而降的民警，柳明奇没有反抗，显得出奇的平静，束手就擒后他说："我知道迟早有这一天……"

《济南时报》2007年6月19日

《香积阿閦佛迷踪》专题片解说词

央视国际 www.cctv.com 2005 年 8 月 18 日

这是一尊造于东魏时期的石雕佛像，它的雕刻精美绝伦，堪称中国古代佛教造像的典范。1400多年来，它面朝东方，安详地注视着芸芸众生，向无数跋涉在迷茫中的信徒传达着佛的力量。然而有一天，厄运却突然在它的头上降临了……

一

举世闻名的四门塔坐落于济南市以南20公里的群山之中，它是我国最早公布的全国重点文物保护单位之一。

1997年3月8日清晨，四门塔看门人李春友像往常一样来上班。刚到塔门口，一种不祥的预感迎面扑来……

（李春友）回去我一看不好，怎么这个东门开了半扇，掩着半扇。

这时，昨晚值班的田乃生赶了过来，田乃生扑进塔内，一个从没有见过的情景把他惊呆了……

（李春友）田乃生进去看了看，他说老李啊，不得了啦，咱那佛头让人家盗了。

四门塔佛头被盗，令济南警方极为震惊，在接到报警之后，济南市公安局的刑警火速赶到四门塔，勘查工作立即展开……

四门塔与著名的神通寺遗址比邻，这里在清代之前的1000多年间，一直是齐鲁地区的佛教圣地。但是，除了这片墓塔林，如今能看到的也只是些各朝的残碑断石了。建于隋朝的四门塔在历经近1400年风雨沧桑之后，至今仍能保存完好，在国内绝无仅有，其价值已无法估量！

四门塔塔内四面各有一尊佛像，佛像为东魏武定二年所造，它们的历史比四门塔还早了近70年，是国家一级文物。4尊佛像分别是南方欢喜世界宝生佛、西方极乐世界无量寿佛、北方莲花世界微妙声佛和被盗了佛首的面朝东方的香积世界阿閦佛。这些佛像雕刻细腻传神，是佛教造像艺术的极品。东方香积世界阿閦佛，在4尊佛像中最为传神，保存最为完好，因此，它成为盗贼下手的首选目标。如今，佛头被盗，在泉城济南引起巨大震动。

济南是历史文化名城，历史古迹也很多，但是像这么重要的文物被盗，在新中国成立后的济南还是第一次。

侦查人员对被盗的佛像周围进行了仔细勘查，发现佛头断痕凹陷，断面东部、东北部及南部都有锯痕！

现场的勘查已经进行了几个小时，勘查的范围不断扩大，现场发现的种种痕迹，在无声地向人们诉说着案发当夜这里发生的惊人一幕。

随后，侦查人员对四门塔文物管理所的职工进行走访，得知四门塔被盗石佛香积阿閦佛脖子上的锯口，早在5个月之前就已经出现了！

从香积阿閦佛佛像上发现锯口到佛头被盗，时间相差整整5个月，这足以说明，这是一起蓄谋已久的针对国家珍贵文物的盗窃大案。侦察员们隐隐约约地感到，这次他们遇到的对手有些不同寻常。

二

四门塔佛像堪称国宝精品,其价值无法估量。四门塔佛头被盗案引起了国家文物局、公安部及省、市领导的极大关注。案发当天,济南市公安局四门塔佛头被盗案专案组成立,公安部向全国公安系统下达了协查的指令。随后,济南警方接连派出十几个侦查小组奔赴全国各地,一场济南警方前所未有的侦破大行动开始了。

(刑警支队支队长刘建平)我们要求,参加专案的全体同志要不惜一切代价,全力以赴。

根据初步掌握的线索,专案组在济南、枣庄、郑州、北京等重点地区进行了大量的调查工作,连带侦破了济南市及山东省数十起文物盗窃案,缴获了大批文物。

(济南市公安局刑警支队孙连和)缴获了一批文物,打击了一批犯罪嫌疑人,但是与这个案件没有直接的联系。

孙连和,时任济南市公安局刑警支队大案科科长,是专案组的重要成员之一。他曾参与侦破了无数大案要案,但这次却是第一次参与重大文物案的侦破,他感到前所未有的压力。

(孙连和)我觉得最担心的,就是怕被盗佛首流往境外。这是最担心的。

在20世纪90年代中后期,由于受国际文物黑市上中国石刻文物高价位的刺激,国内盗掘、倒卖文物活动十分猖獗,大批珍贵石刻文物被走私海外。在当时海外的黑市上,一件中国唐代佛头的价格,能卖到数百万美元……

四门塔佛头被盗已经两个月了,但案情仍然毫无进展,侦破工作陷人困境。

正在这时，警方抓获了几名盗掘、贩卖文物的嫌疑人，这些人都提到了一个叫刘刚的人。

这些人交代，刘刚是济南市长清县人，曾长期从事非法倒卖文物活动，并曾多次前往四门塔踩点，还专门拍了佛像照片。

警方紧抓战机，立即赶到长清县，在刘刚的家里发现了一批还没有出手的古董。在刘刚所在的村口，还发现了一批没有头颅的石佛像。

根据种种情况分析，刘刚极具作案的可能。1997年5月中旬的一个深夜，刘刚在自己的家门口被警方拘捕。

抓获刘刚后，专案组决定连夜突审。在几个小时的审讯中，刘刚只交代了他参与制造和贩卖假文物的犯罪事实。侦察员们沉着应对，不急不躁，仔细从刘刚的交代中捕捉有价值的信息。这时，极为心虚的刘刚在慌乱中自露马脚。

（刘刚）我领他们到陈庄看了那个大佛，他们走到这个地方了，愿意去看看、走走、转转，就这个。你说四门塔这个佛头，我知道济南这边搞得挺紧张的，绝对不是我干的，我也不知道这里面的事。

办案人员步步紧逼，刘刚的防线彻底崩溃，他终于交代，1996年10月8日夜里，他和同伙潜入四门塔，准备盗窃面朝东方的阿閦佛像，佛像脖子上的那些深深的锯痕就是他们留下的！但这次由于石头太硬，刘刚等人见一时无法将佛头锯下，只好罢手。

但是接下来的审讯令侦察员们大失所望。

据刘刚交代，他与4名同伙第一次盗窃佛头失手之后，一直在等待时机，1997年3月中旬的一个下午，他们准备了大锤和钢锯，再次到四门塔准备行窃，在踩点时才知道那颗佛头已经被别人偷走了……

三

（孙连和）因为他说不是他偷的，但毕竟有这个作案阴谋、有这个行为，当时我们不可能轻易放他。我们反反复复地考虑，调查这一天、这一时间，他这一帮人都在什么位置，最后我们还是把他排除了。

警方排除了刘刚盗走佛头的可能，但这又说明，一直"惦记"着佛头的不只是刘刚一伙。那么，抢在刘刚之前盗走佛头的又是哪方窃贼呢？初露端倪的四门塔佛头案再次陷入山重水复的境地。

为了尽快使案件有所突破，专案组决定同全省各地的石佛文物被盗案串并侦察。1997年6月，侦查人员在济南章丘市排查时，一个姓韩的神秘人物出现了！

韩某，济南章丘市人，长期混迹于各地的文物贩子之间，与多个预谋盗窃四门塔文物的犯罪团伙来往密切。

韩某在被捕后供述，1996年12月，他曾带河北省宁晋县一伙专门盗窃石佛文物的惯犯3次去四门塔踩点，并驾驶130汽车于夜间去四门塔作案，为了避免这伙人事成以后把自己甩掉，韩某记下了他们的车号，但由于当时没能打开四门塔门锁，这次行动没有成功。

韩某的交代，使四门塔佛头案再次出现转机。但是蓄谋偷盗四门塔文物的团伙并非只有刘刚和河北宁晋县的一伙，那么，到底哪一伙人才是割下四门塔佛像头颅的真凶呢？

根据韩某的交代，专案组对几个有盗窃四门塔佛头企图的团伙进行了仔细甄别，发现分布在济南周围的几个团伙并不具备作案条件，只有河北省宁晋县的那伙人嫌疑最大，专案组决定将这一团伙作为下一步重点侦查的目标。

（孙连和）河北这一帮人多次来这里，而且针对的就是被盗的佛首。据我们掌握，现场有交通工具，现场的交通工具很可能就是农用车、三轮车之类的，那么河北的这几次来人都是带车、带农用车来的。

1997年7月初，全国各地都在庆祝香港回归，济南警方在河北宁晋县的调查也在这时展开。调查首先从那辆去四门塔踩点的130汽车开始，很快，一个由4名主要成员组成的团伙引起了侦察员的注意。

李栓群、李栓辉、柳明奇、杨英利，他们都是河北省宁晋县高庄河乡农民，长期参与非法倒卖文物活动，而杨英利的那辆东风130载重汽车，车号跟韩某交代的完全一样。

调查继续进行，有关这个团伙的各种信息不断传来。1998年9月8日，济南警方接到情报，称有人看到河北省宁晋县高庄河乡李栓群、杨英利等人从外地弄回来一个石佛头，后来佛头被一个南方人买走了。情报中所说的佛头与济南四门塔丢失的佛头极为相似。

一系列的情况似乎表明，李栓群团伙确有重大作案嫌疑！

根据掌握的大量情况，专案组立即部署抓捕行动，决定首先抓捕嫌疑人杨英利。但是，当侦察员深夜到达宁晋县杨英利家时，杨英利已不在家中，而李栓群、李栓辉、柳明奇等人也早已不知去向。

转眼之间到了1999年，这时，离四门塔佛头被盗案已经过去了近两年。期间，专案组多次组织抓捕，嫌疑人都侥幸逃脱，4名主要嫌疑人还没有一个落网，侦察员们承受着巨大的压力。

正在这时，警方对杨英利的调查取得进展，有重大作案嫌疑的团伙成员杨英利正在广州市一家电市场托运部干装卸工，济南警方立即派抓捕小组赶往广州。抓捕小组很快发现了杨英利的踪迹，并查清了他在广州的活动情况。

（孙连和）因为他经常在这周围，几十个人都在这一块儿，有的是他老乡，有的是他的朋友，他们关系都不错，我们没法动手。

几天之后，抓捕小组终于等到一个抓捕杨英利的时机。

（孙连和）他出来从这个托运部到另外一个托运部办事的途中，我们悄悄地跟上了他……

至此，四门塔佛头案4名犯罪嫌疑人有一人落网，侦破工作实现重大突破。1999年9月2日，杨英利被押回济南。

审讯立即展开，在几次交锋之后，犯罪嫌疑人杨英利深感无法抵赖，全部交代了他与李栓群、李栓辉、柳明奇盗窃四门塔佛头的犯罪过程。

1996年冬天，杨英利和李栓辉等在一次倒卖文物过程中，认识了一个外号叫"大个子"的人，此人就是韩某。一次酒后，韩某对杨英利、李栓辉讲，济南四门塔有尊石头佛像非常值钱，就看你们敢不敢下手。

获此信息后，李栓辉、李栓群、柳明奇、杨英利兴奋不已，经过一番密谋，他们上了杨英利的130汽车直奔济南而来。到济南后，他们由韩某带路来到四门塔，买票进去看了佛像。这次，他们虽然没有得手，却熟悉了地形和路线。

1997年3月7日早晨，李栓群、杨英利一伙儿早早起床，准备好了工具，4个人开着130汽车上路了。

到了晚上11点多钟，他们把车停在四门塔附近，李栓群、李栓辉、柳明奇3人潜入四门塔，于是，罪恶的一幕出现了……

从杨英利的交代中，已经可以肯定，四门塔佛头被盗案就是杨英利跟李栓群、李栓辉、柳明奇一伙所为。

但是，杨英利并不知道佛头的去向。时间在一天天地过去，侦察员们的心越来越沉重，必须尽快抓住其他嫌疑人才能弄清佛头的下落。

2000年春节，济南警方发现犯罪嫌疑人李栓群可能回家过年，立即派中队长赵建凯带领3名刑警到河北宁晋守候。

（刑警支队中队长赵建凯）我们事前有准备，提前在犯罪嫌疑人居住的村庄附近找了个民房。

为了抓捕这伙嫌疑人，赵建凯和他手下的几个人这是第二个春节没有回家了。刑警桂亚波还不到10岁的孩子只能交给年届8旬的父母亲照顾。这一年，收音机里最流行的是《常回家看看》这首歌。

（桂亚波）在我从警这些年来说，很少在家过年，所以我们也习惯了，你说不想家吧不可能，你想家又怎么办？

经过耐心的等待，侦察员终于发现了李栓群的踪迹，此时，李栓群就在自己的家里。

侦察员们了解到，宁晋当地有初四看望岳父、岳母的习俗，赵建凯决定在李栓群去岳母家的路上实施抓捕。

（赵建凯）从犯罪嫌疑人的村庄到他岳母的村庄有五六公里路，有3条道通这个村庄。那么还有一个，犯罪嫌疑人是骑自行车，是骑摩托车，还是徒步或者是坐汽车？我们根据这些具体的情况都设计了具体的预案。

2000年2月19日上午，重大犯罪嫌疑人李栓群终于现身了。

李栓群束手就擒，被押回济南，警方立即对其审讯，在几番较量之后，李栓群交代了他参与盗窃四门塔佛头的犯罪事实。

（侦察员）你们来济南偷佛头的时候怎么砸的？

（李栓群）使锤。

（侦察员）使锤？（佛头）还包了什么东西么？不怕砸坏了佛头吗？

（李栓群）就直接砸的这个佛头，磕了一下（佛头）就掉了。

据李栓群交代，济南四门塔佛头早已被李栓辉、柳明奇以6万元价格卖给了一个南方人。

然而，李栓群并不知道这个南方人是谁，更不知道那颗珍贵的佛头此时的下落。

案件的侦破一直在继续。2001年12月1日，长期潜逃的李栓辉在河北宁晋县家中被捕。仍然在逃的另一名重要嫌疑人柳明奇继续被警方通缉。

至此四门塔佛头案的4名主要嫌疑人，除柳明奇在逃外，其余3人都已落网。从1997年3月8日案发、成立专案组，到抓获嫌疑人李栓辉，侦察员们辗转12个省、市、自治区，行程达10万公里。四门塔香积阿閦佛佛头失踪之谜终于揭开！

但是那颗牵挂着无数人心弦的阿閦佛佛头仍然毫无踪影！此时，距佛头被盗已经是4年零8个月……这座千年古塔与它失散近5年的佛头，还在继续着这场旷世悲情……

四

2000年12月9日，济南市中级人民法院对李栓群、杨英利盗窃国家一级文物香积阿閦佛佛头一案进行了判决。

法庭以盗掘古文化遗址罪判处李栓群死刑，并处罚金2万元；判处杨英利无期徒刑，并处罚金1万元。

2002年3月，济南市中级人民法院以盗掘古文化遗址罪判处李栓辉死刑，缓期执行。这是我国在《新刑法》颁布之后以盗掘古文化遗址罪名宣判的第一个案例，因此，法学界称这一案例为"中国盗掘古文化遗址罪第一案"！

（刘建平）虽然抓到了3名犯罪嫌疑人，他们也被判了重刑，但是我们的心情依然很沉重。

（孙连和）沉重就是到目前还有1名犯罪嫌疑人柳明奇逍遥法外，我们的佛首还没有追回来。

（刘建平）佛头如果不能及时地追回，在外面时间越长，对我们来说难度越大。

警方查找这颗佛头的努力一刻也没有停止过，但是佛头的踪影始终扑朔迷离。这时候警方通过一些渠道查明，佛头已经到了海外。正在他们准备采取下一步措施的时候，从山东大学传来消息，佛头在台湾出现了。

给警方传达这个消息的就是山东大学美术系教授刘凤君。刘教授一直致力于山东佛教造像的调查和研究，对四门塔4尊佛像十分熟悉。2002年3月3日深夜，刘教授意外地接到台湾一位陈女士的电话，谈话中陈女士主动提起山东地区佛像被盗的情况。

不久，台北艺术大学林保尧教授给刘凤君教授寄来了该佛头像不同角度的照片，请刘凤君帮助查找佛头像原处，使佛头能尊严荣归，并透露此时佛头正在台湾法鼓山文教基金会保存。刘凤君认真分析照片，发现照片上的佛头像与1997年四门塔被盗佛头极为相似。

难道照片上的佛头真的就是5年前四门塔被盗的佛头吗？但是，在没有见到实物之前，刘教授不敢最后断定。

2002年7月16日，刘凤君一行应台湾法鼓山文教基金会邀请赴台鉴定佛头。

19日，在法鼓山中山精舍大堂，刘凤君终于见到了照片上的那颗古石雕佛头像。他看到，在佛头像的颈部，是一道深深的锯痕！

（刘凤君）一看我就知道是它，因为太熟了。

接着，刘凤君教授会同台湾的两位佛像研究专家对佛头进行了鉴定。他们从佛头的雕刻工艺、各部位形状、石质特点、颈部锯痕等进行综合判断，认定这个佛头就是1997年3月7日被盗的济南四门塔东方香积世界阿閦佛佛头！

台湾法鼓山文教基金会董事长圣严法师是佛教界的著名人士，让这颗珍贵的佛头重归故里，一直是法师的愿望。

2002年9月18日，台湾法鼓山文教基金会决定将这颗古石雕佛头送还济南四门塔。

2002年12月17日下午，流失5年的四门塔东方香积世界阿閦佛佛头在海峡两岸专家和佛教人士的护送下终于回归故里。72岁高龄的圣严法师一路陪伴亲临济南。

佛头被直接运抵济南四门塔，并将在这里举行国宝回归交接仪式。下午5点，圣严法师缓缓打开装着佛头的箱子，睿智、慈祥、优美的阿閦佛佛头呈现在人们面前。

（孙连和）经过将近5年的工作努力，佛首终于回归故里了。2005年春节前夕，四门塔佛头案专案组的部分刑警相约来到这里，看望这位东方之佛。

1400多年来，这尊智慧、慈祥的香积阿閦佛佛像历尽沧桑，如今它在身首相离5年之后，终于获得重生。它面朝着太阳升起的地方，注视着芸芸众生，似乎在向人们讲述着它5年来不同寻常的经历。

四　阿閦佛头像回归精典报道

隋代佛头　大陆专家来台鉴定
12月将在台北公开展示　原始捐赠人不愿曝光

章倩萍

（记者章倩萍/台北报道）法鼓山昨天表示，今年初，几位圣严法师弟子感念师父推动心灵环保、重建人文精神的大愿，慨然表示愿捐赠他们多年前在海外购得的一尊古石雕佛头像给法鼓山；经大陆山东大学美术考古研究所长刘凤君等人今年七月亲自来台鉴定，确认此一佛头像是山东神通寺四门塔内中心塔柱东壁隋代佛像的佛头，刘凤君并并立鉴定书。

法鼓山决定在佛头像送回大陆前，今年十二月一日至十五日将在台北公开展示这尊千年古佛头，让国人能先一睹这尊在中国历史上佛教最昌盛的北朝晚期出土佛头风貌。至于捐赠佛头信众的背景，法鼓山表示，当事人不愿意曝光，坚不透露。

圣严法师在弟子表达捐赠古石雕佛头像意愿时，当场指示相关人员：试着查出这尊佛头像出处、佛身是否还在，如果能让这尊佛头像回到原处，让古佛像恢复旧观，不但是为中华历史文化的保存尽一份心力，也是佛教无私无我精神的阐扬，将远比让这尊佛头像留在法鼓山更有意义。

这几位拟捐赠佛头像的信众,听闻圣严法师开示后,立即积极研查。经过半年的调查、研判,初步确认很可能是山东神通寺四门塔的佛头像。为进一步确认佛头像的真伪,法鼓山七月中特别邀请刘凤君及四门塔风景区管理委员会副主任刘继文专程来台鉴定,确认就是神通寺四门塔塔内中心塔柱东壁的隋代佛像佛头。

中国台湾《联合报》2002年9月20日

佛头回归记（上）

高祥森　胡忠华

9月19日，台湾方面传来消息：失踪5年之久的国宝——四门塔佛头像将被台湾一个宗教组织无偿捐回山东故里。千年佛像是怎样流落到台湾的？国宝回归是如何促成的？本报记者昨天采访了几个月来一直为此事"穿针引线"的文化使者——山东大学美术考古研究所所长、博士生导师刘凤君教授——

神秘女士深夜来电　千年佛头露出踪影

3月初的泉城济南，依然春寒料峭。但今年这个3月对于山东大学的刘凤君教授来说，却是暖意融融：自3月2日起，连续十多天来，一连串的深夜远方来电，让他这个珍惜中国传统文化遗产如生命的著名学者热血沸腾。用刘教授自己的话说：他感到一种做大事前的兴奋。

作为海内外著名学者，刘凤君教授在考古、美术等方面有很深的造诣。近年来，他曾经先后4次被邀请到台湾讲学，同台湾许多学术界、文化界名人结成很好的私人关系，在台湾文化界，特别是在史学界影响很大。

今年3月2日晚上9时30分，他突然接到台北一自称姓陈的神秘女士的电话，称自己是台北艺术大学林保尧教授的朋友，想咨询一下山东佛教造像艺术情况，听说刘教授在这方面比较有研究，就冒昧打来电话。刘教授便给她作了讲解。

本以为陈女士咨询这件事会到此为止，没想到3月3日晚上9时30分，这位神秘女士再次打来电话。开始时，谈的也是山东佛教造像艺术情况，但没谈几句话，她突然话锋一转，问刘教授山东有没有丢失佛像，其中谈到四门塔石刻佛陀头像，然后说她的一个朋友购得一佛头像，高50厘米。

对山东佛教造像了如指掌的刘教授，马上意识到陈女士说的可能是四门塔那尊丢失的佛头。曾多次去过四门塔的他马上问对方，佛头颈部断茬是不是白色的。通过询问，刘教授发现这位女士说的佛头和四门塔丢失的佛头大小、尺寸、颜色等一致。通话中，陈女士希望刘教授能把四门塔佛头丢失前的照片、丢失后的佛身照片给她寄一份。刘教授也表示，希望对方能把佛头像寄几张来。刘教授注意到，这位女士留的寄照片地址是林保尧教授的。

3月5日晚上，也是9时30分左右，陈女士再次打来电话，不过这次没有再请教山东佛教艺术，而是直接问刘教授寄没寄她上次要的照片。刘教授在此后几天内，对照片进行搜集，并迅速寄往台北。

事情仍在一步步发展。3月13日晚上也是9时30分，台湾一位叫吴文成的先生（后经证实是台湾鹿野苑研究佛教的专家）给刘教授来电，问照片收到没有，同时说刘教授邮寄的照片他们还没有收到，请抓紧时间。并说，如果收到照片，希望刘教授能抓紧时间到台湾看佛头，并隐隐约约表达了他们有捐献这尊佛头像的初步想法。

不久，这一令人感到蹊跷但又似乎必然发生的事情发生了转机，台湾一位教授的来信把刘教授心中的疑惑打消了大半。

双方印证结果一致　佛头踪影越显越清

3月15日，刘凤君教授接到台北艺术大学林保尧教授的来信，信中还寄来9张佛头像不同角度的照片。刘教授认真地进行了分析，并邀请省文化厅的一些业务负责人和四门塔管委会的负责人分析照片，大家确定照片中的佛头像很可能就是1997年四门塔丢失的佛头像。

3月16日晚上也是9时30分左右，吴文成再次来电，让刘教授抓紧时间准备资料，并说，他们将想方设法解决刘教授的去台经费等问题。3月23日，吴先生再次来电说，他们看到刘教授邮寄过去的照片，认为极可能是四门塔丢失的佛头像。丢失5年的佛头似乎找到了下落，下一步等待这个佛头的到底是什么命运？事情到了这一步似乎陷入可鉴定也可不鉴定的茫然无措之中。

就在这时，林保尧教授这个关键人物终于出场了，他在3月26日告诉刘凤君教授，通过照片，双方关于这尊佛头初步鉴定意见都相同，他希望刘教授带一个助手来台现场仔细看看，和他们一起对这尊佛头作出权威鉴定。4月26日，刘凤君教授正式接到法鼓山文教基金会董事长，著名佛教人物圣严法师发来的征求赴台鉴定佛像的函。

刘教授迅速向山大领导汇报了此事，并及时和山东省相关单位的负责人进行了交谈，大家都认为"四门塔佛头如能回归，将是建国以来意义非常重大的一次文物回归事件"。这些单位都表示大力支持刘教授促成此事。

5月8日，刘教授给圣严法师回信，表示同意赴台鉴定佛像。

教授多次实地考察　揣着石头飞赴台湾

为准确无误、严谨鉴定这尊石刻雕像，从5月8日起，刘凤君教授就开始准备。他多次到四门塔内观察各尊佛像的尺寸、石质纹理、风化程度、面部表情、五官特征、身体比例、服饰特点和衣纹的表现，以及刀法的运用、各部位的质感效果和不同角度的视觉效果等，特别是对东壁佛颈部的锯痕、断缝和其他细微的特征等都进行了认真分析。在测量过程中，有一天，刘教授一不小心，还从石台上摔下来，右脚摔伤，好几个月才痊愈。

要准确鉴定佛像，找到和雕像所用石料一样的石头很关键。根据古石刻雕像大多就地取材的特点，刘教授多次到四门塔所在的周围山岭找和丢失石像相同的石材。他和四门塔风景区管委会副主任刘继文一起，在烈日下翻山越岭寻找石料，经常累得大汗淋漓。

功夫不负有心人，就在四门塔所在东面山上，刘教授他们发现了和造像所用石料一模一样的石头：质白略泛黄色，并有黄褐色纹理，但质地非常坚硬，都有白色金属结晶点等。

7月18日，刘教授带着这个石头样本，和刘继文一起飞赴台湾，开始了他的文化使者之旅……

（未完待续）

《齐鲁晚报》2002年9月21日

海峡两岸同努力　流失国宝有归期

刘凤君

四门塔隋代佛头被盗

1997年3月7日深夜,四名不法分子用铁锤砸掉了山东省济南市神通寺四门塔内中心柱东壁石雕"香积阿"佛像的头像,并很快以6万元的价格卖掉了它。四门塔建造于隋大业七年(611年),是国务院第一批公布全国重点文物保护单位之一,有华夏第一石塔之称。塔内中心柱四面的四尊石雕佛像,也是隋代的作品,雕刻非常精美,被誉为"镇塔之宝"。国宝丢失,世人震惊。山东省立即作为文物大案来破获,济南市公安局组成专案组,在全国公安系统的协助下,全力侦破此案。仅从1997年至1999年的两年时间里,他们的足迹就遍及10多个省、市,行程20多万公里。虽然抓获了其中的3名不法分子,但丢失的佛头像还是下落不明。近几年我多次应邀赴台湾演讲中国美术考古和举行书展,在香港和台湾期间,我特别留意各收藏家和文物市场上大陆流失过去的文物,抱有侥幸的心理,想见到或打听到四门塔佛头像,但结果同样是毫无消息。

海峡对岸来电　佛头初显端倪

今年3月2日下午5点钟,台湾一位陈女士来电话找我,我太太告诉她我正在开会,请晚上9点以后再来电话。晚上9点30分,我接到陈女士从台北打来的电话。她首先向我说明她是台北艺术大学林保尧教授的朋友,知道我对山东佛像很有研究,想咨询山东佛像艺术的一些情况。我简要介绍了山东佛像艺术的情况,并向她推荐了2001年我在台湾出版的《山东佛像艺术》一书。

3月3日晚上,还是9点30分,陈女士又来电话,开始还是请我继续谈山东的佛像艺术。中间我话音刚落,陈女士又问起山东佛像被破坏和丢失的情况,我当时感到问得有些蹊跷。她很快告诉我她的一个朋友近期在国外买了一件佛头像,保存很好,高约50厘米。我立即意识到这个线索的重要性,我马上问:"佛头像颈部断茬是不是白色的?"陈女士回答说:"是!"综合佛头像的尺寸和石质染色,我思索了一下说:"这件佛头像可能是1997年丢失的四门塔内中心柱东壁的佛头像。"陈女士接着说:"我的朋友们也认为可能是四门塔的佛头像。"陈女士希望我尽快把四门塔中心柱东壁佛像被盗前和被盗后的佛身像照片给她寄一份,但要求我不要直接寄给她,而是寄给林保尧教授。我也希望她把佛头像的照片给我寄几张来。放下电话,我高兴得不知怎样才好。

又经过几次电话联系,事情进展得很快。3月13日,还是晚上9点30分,台北研究佛像艺术的专家吴文成先生来电话,告诉我他们还没有收到我寄的照片,并问他们寄的照片是否收到。他们希望我收到照片看过之后,最好尽快来台北看看佛头像。并说关于鉴定和商谈这件佛头像的事宜,已成立了由法鼓山基金会董事长圣严法师、台北艺术大学美术研究所所长林保尧教授和大陆的我三人组成的领导小组。吴先生最后说:"如果佛头真的是四门塔的,我们可能会捐献给四门塔。"

3月15日我接到林保尧教授3月8日寄给我的信,信中还寄来

9张佛头像不同角度的照片。信中写道:"托请帮忙查询信中所附的此尊佛头像原处,而且为望佛头像能尊严的荣归,复原其像。教授可帮忙乎?"我立即上报了省文化厅文物处和博物馆的业务负责人以及历城区四门塔风景区管委会的负责人。他们也认为照片中的佛头像很可能就是1997年四门塔丢失的那件佛头像。

3月23日晚上吴文成先生来电话,告诉我他们已经仔细分析过我寄给他们的照片,初步同意我带一个陪同人员来法鼓山,并希望我谈谈看过佛头像照片的想法。3月24日我给林保尧教授传真说:"从照片中的佛头各个方面观察,应是四门塔中心柱东壁的佛头像。我盼望得到你们的邀请,早日赶往台湾和你们进一步的认定。如果得到进一步确认,希望早日使佛像法体完整。"

4月26日我接到法鼓山基金会董事长圣严大师征求我赴台鉴定佛头像的信。信中说:"本会拟邀请您于今年六月底来台五天,以协助一疑为山东四门塔佛教文物之鉴定与查考,并作相关之学术交流。……敬请惠允是盼。"我及时向学校领导汇报了此事,并在28日至30日三天之内和山东省内相关单位的负责人交谈了这件事。都认为"四门塔佛头如能回归,意义重大",一致表示全力支持我赴台鉴定与商谈四门塔佛头像。5月8日,我通过传真给圣严法师回信,表示同意应邀赴台鉴定佛像。

精心取证　赴台鉴定

为了使在台湾的鉴定工作进行得更顺利、严谨和准确无误,我和四门塔风景区管委会副主任刘继文多次进四门塔内观察各尊佛像的详细尺寸、石质纹理、风化程度、面部表情、五官特征、身体比例、服饰特点和衣纹的表现、刀法的运用以及各部位的质感效果和不同角度的视觉感受，特别是对东壁佛颈部的锯痕、断缝和细微的特征等都进行认真分析研究。经过近处的细微观察，我这才发现，中心柱东壁的佛像不但雕刻得最精致，而且保存得最完好。四门塔内佛像的石料来自哪里始终也是一个谜。

经过多次实地调查采样，发现四门塔内佛像用的石料就取自附近。石料系火成岩。7月16日我们带着采到的石块样本先乘机到香港。18日10点15分，我们到达台北桃园机场，法鼓山基金会姚重志副秘书长、祁止戈专委、赖沛琳高专和吴文成先生等欢迎我们，并陪同我们驱车到远离台北市的法鼓山参观。我虽是第四次应邀赴台，但前三次都是为演讲和举办书展而来，这次却是为鉴定佛头像而应邀，带着山东人民的希望和急切的心情而来。到底是不是四门塔的佛头像？如果是真的，法鼓山能不能无条件捐献给四门塔？如果同意捐献，台湾省政府能不能批准？能不能顺利回归四门塔？这些疑问，多少天来一直在我脑海里翻来覆去。

法鼓山原名金山，法鼓山基金会是1985年由圣严法师创办的，在世界上有很高的知名度，由中华佛学研究所、法鼓大学、佛教历史博物馆和佛教图书馆等组成，已培养了许多文化和佛教人才。该基金会在继承和宣扬中华民族文化艺术方面作出了很大贡献。来到法鼓山，我们惊奇地发现这里和四门塔所在的地势十分相似。法鼓山的地势也是坐北朝南，分为前后两部分，前部分的东、西两侧分别是青山，前面的大门是东、西两山南头向中间收缩的地方，再前面是一个开阔的小平原；两山的中间都向中间收缩，呈束腰状，后面的山形成自然的屏障，前面有一个比较大的山间开阔地带。经过规划设计正在建设中的法鼓大学、中华佛学研究所、佛教历史博物馆和法鼓山佛教图书馆等，组成了一组庞大的建筑群体。融中西方建筑风格于一体，依山为势，布局灵活，蓝顶白墙，汇融于蓝天白云与青山绿水之间，显得十分雅致和谐。

2002年初，法鼓山圣严大师的几位弟子，获悉法鼓山佛教图书馆是目前第一所佛教专业图书馆，法鼓山佛教历史博物馆亦在建设中，即表达愿慨捐他们在海外购得的古石雕佛头像。圣严大师当即指出："法鼓山向来重视人文精神，尊重文化史迹，试查这尊古石雕佛头像出处？其佛身尚在否？如能让此尊佛头像回到原处，让古佛像恢复旧观，为中华历史文化之保存尽一份心力，实为佛教无私无我精神之弘扬，远比保留在法鼓山佛教博物馆更有意义。"捐赠佛头像的几位弟子即表赞同并积极进行研究调查。经半年的调查和研究确认是山东神通寺四门塔的佛头像。

7月19日，天气晴朗。8点30分我们到达中山精舍。法鼓山文宣室、行政室和录影人员已提前到达。我一眼就看到放在精舍大堂正中木板上的佛头像，赶忙向前仔细观看。是真的！就是四门塔中心柱东壁的佛头像。我拿出带来的石块样本与佛头像颈部断茬进行比较，石质一模一样，在场的所有人为这种珠联璧合长长地舒了一口气。我又测量颈部断茬处的尺寸，也是和佛身像颈部断茬处的尺寸相同。我放心了，直起了腰板，我大声地说："是真的，就是1997年我们四门塔丢失的那件佛头像！"

鉴定小组以我为主，还有林保尧教授和吴文成先生参加。整个上午的鉴定工作进行得很顺利。我首先通过近视和远视的不同视觉效果，与观察四门塔现存佛像所得视觉效果的印象进行总体比较分析。认真分析佛头整体造型艺术的视觉效果和雕刻工艺，特别是佛头像的五官特征和内在的宗教情感艺术是否与现存四门塔中心柱东壁佛身相协调一致。然后我又对佛头像进行细微的观察分析，分析各部位的形状、尺寸、雕刻技术、雕饰特点、自然风化陈旧的痕迹，并与经过多次观察印象中的四门塔佛像进行比较。我还对其手摸观察分析，分析感觉效果、体验刀法特点和细磨加工的技巧，以及石质特点和自然风化的效果等，并随时与在四门塔细摸佛像的感觉进行判断分析。佛头像颈部的锯痕和水沁的流痕都和佛身颈部的锯痕和流痕相吻合。以前和四门塔佛像熟，但从来没有像今天这样，自由地远看和近看他，随时随地去摸他。我多次向大家解释："我这样摸佛头像，感到不大尊敬，但我是见到了亲人，我是控制不住感情地在拥抱他。"

流失国宝即将回家

23日到香港，24日回到济南。我将书面报告分别呈给山东大学校长和山东省政府负责文化的副省长，省政府明确表示："这件事情是大好事……一定要认认真真做好。但做这件事既要热烈又要严肃。"9月18日下午4点多钟，台湾省经过多方面的核实和研究考察工作，正式批文给法鼓山基金会说："贵会拟捐赠古石雕佛头像予中国大陆一案，同意照办。"9月19日台湾《联合晚报》和网站，20日《联合报》《中国时报》《台湾日报》和《英文中国邮报》等十多种报纸以及大陆的新浪网等媒体都大篇幅进行报道和评述。台湾的报纸说："联合国教科文组织把今年定为国际文物保存年"，捐赠归还大陆佛头像，"不但符合国际潮流，也可能促进两岸文化交流"。法鼓山也作出决定：2002年12月1日至15日在台北孙中山纪念馆举行捐赠四门塔佛头像前的展出，12月17日圣严大师将组成隆重的护送团，并率团护送佛头像来济南，向四门塔捐献佛头像。

看到台湾传真给我的报纸，我应邀赴台前考虑的四个问题：到底是不是四门塔的佛头像？如果是真的，法鼓山能不能无条件捐献给四门塔？如果同意捐献，台湾当局能不能批准？能不能顺利回归四门塔？都有了答案，心里有说不出来的轻松感和快慰感。真是：佛像痛失神通寺，大师收容净禅院。隔海巡礼识弘意，两岸再结文化缘。我要讲给师友同仁们听，我要通过《中国文物报》告诉广大读者，让大家都来分享这一快慰。

《中国文物报》2002年12月11日

隋代古石雕——阿閦佛头像复归纪实（节选）

隋代古石雕阿閦佛头像复归纪实编辑小组

第一章 流转、说法

流转姻缘

山东神通寺四门塔东面的阿閦佛像，曾经遭遇过两度盗砍，一次在1996年，那次虽未盗砍成功，但阿閦佛像的脖子上却因此留下一道斧凿的伤痕。1997年3月初的某日深夜，不法分子再度盗砍得逞，这尊千年古佛的佛首就此失踪。有关当局立即成立专案小组，在全国公安系统的协助下展开大规模搜索，虽然捕获其中三名嫌犯，但佛首始终下落不明。

阿閦佛首被盗砍后旋即流转于海外，几经辗转终被喜好研习佛艺的居士请回台北。直至2002年初，几位圣严法师的弟子感念师父推动心灵环保、重建人文精神的大愿，表示欲捐赠一尊数年前在海外购得的古石雕佛头像，以充实庄严法鼓山的佛教博物馆，阿閦佛首才在因缘的牵引之下来到法鼓山，终于有了回到原乡的机会。

当弟子们向圣严法师表达捐赠古石雕佛头像意愿时，圣严法师除表示感恩外并当场指示，希望能查出佛头像的出处？佛身安在与否？若能让佛头像回到原处，恢复旧观，远比将其留在法鼓山更具意义。

在圣严法师的指示下，法鼓山文教基金会立即由果肇法师带领筹组一工作小组，并延请台北艺术大学林保尧教授主持调查与研究工作。在比对众多文献与资料后，初步认定此尊佛头像极可能就是四门塔所遗失的千年古佛阿閦佛首。

事实上，对法鼓山文教基金会而言，"阿閦佛"是一个十分陌生的名字，为了对阿閦佛有所了解，在林教授进行查证工作的同时，法鼓山也同时在浩瀚的佛经中寻找阿閦佛的资料。这才欣喜地发现，原来阿閦佛所代表的东方净土，以及"无嗔恚""无愤怒"等意义，恰好和法鼓山建设人间净土与强调"心灵环保"的理念不谋而合。如此巧合、深厚的法缘，使法鼓山相信阿閦佛首来到法鼓山，必有其不凡的意义，将阿閦佛首护送回佛身更是法鼓山殊胜的使命。

由于古物鉴定工作并非单方面的认知就能完成，为求慎重，调查小组决定请托山东大学美术考古研究所所长刘凤君教授参与前期的鉴定工作。

2002年7月中旬，刘凤君教授与同时受邀的济南四门塔风景区管理委员会副主任刘继文到达台北，在法鼓山中山精舍与古石雕佛首欢喜相见。历经数小时的鉴定与讨论后，从尺寸、石材、侧形、斑痕、裂口等五点皆吻合的证据，以及雕刻技法、艺术风格、自然风化程度等方面的比对结果，证实此尊佛头像确实就是四门塔失踪五年的国宝——阿閦佛首。

在众人见证下，刘凤君教授开立了"鉴定书"（一式两份），由山东大学与法鼓山各持一份。圣严法师并对两位学者远道而来，与法鼓山共尽维护文化古迹的责任表示感谢。

流转到台湾的阿閦佛首，不但促成了一件两岸文化交流的美事，也将带领更多人参与和见证一场极富教育意义的古文物重生之旅。

政院点头

法鼓山欲捐赠的古石雕佛首,在确定为山东四门塔所遗失的佛首后,法鼓山文教基金会即公开表示,愿意无条件将佛首送返神通寺四门塔。但依据现行法律,运送古物出境有极严格的限制,两岸分治多年的事实,益使运送古物至中国大陆存在许多困难。

经过法鼓山文教基金会的多方奔走、申请与协调,各相关单位亦秉持着保护文化遗产的共识,讨论出具体可行的方案,由海基会会同教育部、陆委会及文建会等单位,召开了多次协调会议,终于获得了核准。

2002年9月19日,新闻局在例行记者会中宣布:"为尊重文化资产,促进两岸学术及文化交流,同意财团法人法鼓山文教基金会获捐赠的一尊一千三百多年历史的古石雕佛头像,赠还中国大陆,以实践古文物回归历史原位之教育、文化意义。"

这项宣布立即引起两岸与国际媒体的注意,阿閦佛首的回乡路也终于得以正式起步,而大陆方面也在众多技术性的考量下,决定由山东省济南市文物保护协会担任对口单位,负责与法鼓山文教基金会共同安排护送阿閦佛首复归佛身之一切事宜。

克服了重重困难,解决了一道又一道繁复的程序,所有关心此一事件的人士都乐见此一圆满的结果,同时也共同期许与期待下一阶段的工作早日进行。而从一千多年以前缓缓走来,无言说法的阿閦佛,也即将以最庄严的姿态正式展现在世人面前,再引领出一场国际瞩目、万人发心的佛教界盛事。

第二章 祈愿、重生

祈福法会

2002年11月30日,对法鼓山信众与万行菩萨而言,是一个特别的日子。这一天,当第一道晨曦照亮了金山法鼓山的天际线,来自新竹、桃园、花莲、台北等地的一千多名信众,早已经带着虔敬、清净的心进入法鼓山上的临时大殿,准备参与一场庄严隆重的"护持山东四门塔阿閦佛重生祈福法会"。

法会由法鼓山都监果品法师主持,虽然参加的人数众多,上千名信众站满了临时大殿内外的空间,但却显得秩序井然,气氛安详沉静,人人都彷佛置身于充满法喜的净土世界。法会上信众们随着维那的带领,诵念《维摩诘所说经》"见阿閦佛品"及一遍又一遍的"阿閦佛咒",共同祈愿台湾民众脱离危难,得到吉祥,让心灵回复纯净与祥和。

当一千多人和谐坚定的持咒声响起时,整个法鼓山都笼罩在一片庄严殊胜的法喜之中,人们似乎感应到了阿閦佛难行能行的悲愿与身受灾厄,度化世人的慈悲,许多参与法会的信众都深受感动而不禁落泪。

法会以庄严的佛前大供作为圆满,由二十四位来自各地的三宝弟子,以最至诚清净的身心,一一在佛前献香、花、灯等供品,供养十方三世一切诸佛菩萨,表达对佛的崇敬,也祈愿这尊与法鼓山有深厚法缘的佛头像能圆满的复归佛身。

诚如圣严法师所言:"这尊古佛头像来到台湾的任务,是为台湾的各界人士广种福田、广结学佛因缘的。"这场"护持山东四门塔阿閦佛重生祈福法会"，已经在每个参加的信众心中种下了一片福田，也使阿閦佛首复归佛身之旅，在千人感恩、千人发愿之下隆重的揭开序幕……

祈愿祝福

为让更多民众有机会观看并亲近阿閦佛首庄严慈祥的法相，并让更多人认识法鼓山"心灵环保"的理念，法鼓山文教基金会继祈福法会后，于孙中山纪念馆举办了一场为期十五天的特展"流转·聚首——祈愿山东四门塔阿閦佛重生"。

基于圣严法师的开示："希望民众一进入展览空间，就像是来到四门塔现场，在此驻足流连。"基金会的策展小组特地远赴山东四门塔现场，实地拍摄记录当地的人文与自然景观，并采取"虚拟实境"的设计概念，使这场特展超越了一般历史文物静态的展示方式，塑造出一个古今交叠的空间情境，并融入法鼓山提倡心灵环保与人文精神之理念，引领着每一位参访者从单纯的"旁观者"，进而成为佛教仪式与精神的"体验者"与"实行者"。

"流转·聚首——祈愿山东四门塔阿閦佛重生"特展在2002年11月30日下午揭幕，揭幕仪式由黄荣村部长、孙中山纪念馆张瑞滨馆长、法鼓大学曾济群校长及法鼓山护法总会陈嘉男总会长共同主持，现场吸引了许多重要媒体采访，在众人引颈期盼下，充满传奇色彩的阿閦佛首正式与社会大众相见。

神通寺四门塔"石雕佛头像"记
——法鼓山年度盛事

林保尧

法鼓山文教基金会，从 12 月 1 日至 15 日在台北孙中山纪念馆公开展出即将归还中国大陆的一尊隋代后期石雕佛头像。

这尊佛头雕像就是 1997 年被盗的山东神通寺四门塔东壁佛头。被盗后辗转为台湾收藏家购得。法鼓山接受捐赠后邀请学者鉴定确认为原作后，决定归还神通寺四门塔，让古佛像恢复原貌。

有关这尊一千三百多年历史的隋代石雕佛头像归还神通寺的文化盛事，本刊特邀亲自参与的佛教美术学者林保尧教授撰文，详细记录鉴定经过，并综论四门塔石雕佛头像的历史与艺术文化价值。

——编者按

四门塔寺，二访未遇

印象中，一直到现在还很清楚，就是 1998 年 8 月 20 日，笔者带着台北艺大美术史研究所的研究生，前往山东、苏北作为期 13 天的"画像暨造像艺术考察"。其中的神通寺、四门塔，和云门山、驼山、青州博物馆、千佛山、灵岩寺等，都是此行的参访重点。记得是 8 月 25 日参访历城柳埠的古刹神通寺，但是前夜到达了济南下榻的舜耕山庄饭店时，才被告知神通寺四门塔不能参访，全体一行人好不失望。因为在研究生的行前作业中，皆知这是一个重要佛教造像圣地，而且上溯历史极为久远。打听之后，才知在前些时出了事，现在关起门来，可能须过一阵子吧！因此一行只好依行程前往著名的长清县灵岩寺。

隔年，因与研究的课题有关，即1999年的8月27日再度前往当地，与去年一样从青岛进，第二天28日又到了济南，然而还是无法进入参访。想想，这么老远来，怎会如此。因此，对于一直想考察的神通寺四门塔，只有停留在所谓的早年东京大学关野贞、常盘大定二位教授的《中国佛教史迹踏查记》的图片印象里。不过，每每授课讲到相关课题时，总是会提出来，与同学们分享老远"二访未遇"的遗憾。

因缘巧合，现身台北

然而，今年年初，因法门寺佛指舍利来台的轰动，却听到几位法鼓山圣严法师的弟子感念其师父推动心灵环保、重建人文精神的大愿，极愿捐赠他们多年前曾在海外购得的一尊古石雕佛头给法鼓山的一件坊间大事。据云，圣严法师在弟子表达捐赠佛头像意愿时，当场指示相关人员，试着查出这尊佛头像出处、佛身是否安在。如果能让这尊佛头像回到原处，让古佛像恢复旧观，不但是为中华历史文化的保存尽一份心力，而且远比这尊佛头像留在法鼓山更有意义。几位拟捐赠佛头像的信众们，听闻圣严法师开示后，欣然答应。

为了慎重起见，即请法鼓山文教基金会果肇法师筹一组工作小组，展开探查工作。大概是3月的中下旬，在办公室接到法鼓山文教基金会果肇法师的电话，话中道及有信众弟子欲捐一尊古佛头给法鼓山，很想请笔者看看，探讨一下。这么一听，"那不是年初就传出的佛头像吗？"当下马上应允，请教何时可见。经讨论，约在一星期后的星期三下午3时在学校见面。当天果肇法师和信众到了办公室，寒暄之后，即出示这尊古佛头照片。经笔者花了相当时间的翻阅查对，直觉发现那不就是河北、山东地区，北齐至隋极为眼熟的佛像吗？不过心中仍有疑问。因此，当法师一行人离去后，笔者即依其资料，花了相当时间，一一调阅自己收藏的图卡档案，尤其是日人关野贞当年田（野）调（查）刊载的山东地区图照。经一一比对，突然猛醒地发现，"那不就是山东地区神通寺四门塔的风味吗？"这真是个多年遗憾的喜出望外喜报，长久心系的佛头影像，顿觉浑然照应显像似的，想想有缘者亦是如愿吧！

不久，因于圣严法师之邀，亲上农禅寺才确切知悉此尊佛头像来由之事，而且也首次见及极度严谨性摄制的六面一组的"六张图片"。初识之，令人欣悦、法喜不已，光在石材石质的色柔之感，即令人辨出其特色的优越性。如果山东地区重要的北朝至隋唐造像圣地，如前述的云门山、驼山、千佛崖等，曾经亲自参访过，且拾回当地石材存放案上的话，立刻即可知之。

一个月后，即清明节之际，因于果肇法师的盛情邀约，有幸接受法鼓山文教基金会委托，参与该会"四门塔佛教文物及相关事项调查记录制作"，开始展开其后一连串的各面相关工作，有了直接面对、接触学习这尊千年佛头像的机缘，真是法喜充满，获益匪浅

专研学者，莅台鉴定

首先，面对的即是这尊千年佛头像的鉴定工作。虽然有面识的机缘，与资料的查阅对比，知之是北朝末至隋的四门塔造作之物。然而面对欲送回原地历史时空之处，而且又是千年以上的著名塔寺，其鉴定已不是单方见之叙之，或论之写之的问题了！况且对方又何

能认之？确之？因而，几经研商，我们工作群发现，唯有礼聘对方专研学者的鉴定，才是此道鉴定工作的唯一正途。首先以书函及附上九张图片资料，直接请托山东大学美术考古研究所所长刘凤君教授，担任此尊头像的鉴定责任者。经多次信件、资料往返后，刘教授愿意前来台北一探鉴定，以圆法相一体之愿，以成法体完美之德。接着，我们寄出邀请函，其中还包括与刘教授一起前来的神通寺四门塔文物管理所所长刘继文。

当被邀请的二位所长办好一切手续，可以访台之时，已是7月中旬了。7月18日，刘凤君教授与刘继文所长到达台北，由法鼓山的师兄们接机，下榻于剑潭青年活动中心。7月19日，在法鼓山文教基金会胡正中主任带领下，一行人在7时许前往鉴定的现场，即位于民权东路的法鼓山中山精舍。首先，由鹿野苑主人与胡主任运送颇重的佛头箱柜，并启开搬出。事实上，佛头极重，没有4人是不易搬出的。当细心护卫下抬出置于织毯后，即开始鉴定工作。在长达近两小时的讨论后，刘凤君教授归纳出五点，以证佛头即是四门塔多年失踪的，位在该塔中心塔柱东面壁台座上的"阿閦坐佛头像"。当天刘凤君教授与刘继文所长，据以判识鉴定的五点：

一、尺寸俟合。当日带来已测量下四门塔上这尊残像断裂处的尺寸大小细麻绳，当佛头摆好后，一绕上量之，不多不少，正好相俟，令人相当惊讶。

二、石材相若。刘教授取出携自四门塔当地特有的"白石"石材，一经比对，尤在断裂处的原色石质上，其石材色泽几无相异，可说完全一致。

三、侧形相符。刘教授亦携来该文管所保存下的侧面头像描绘档案，经现场比对，其侧面颜面轮廓像几近一致，尤在线势韵味，简直令人呼之欲出。

四、斑痕一同。据云四门塔在1972年的大修前，塔顶失修会漏水，因而塔内尊像均遭致过往长期漏水之滴的雨水浸蚀，造成石材表面石皮生起特有的赭色斑痕色泽。特别是此尊东面佛像，在其佛头颜面右侧而下，到颈部、肩部，甚而佛身，皆有此特有石皮斑痕，经与头像未失之前的图片比对，可说一致又相同。

五、裂口对合。此佛头为1997年被盗，当时据说是以锯切之类切锯之后，拔下带走，故有极为明显的断切裂口。经与相片比对，可见裂口缝痕一致相若。

经此五点。可证以判之，刘教授始宣布鉴定结果，即"此佛头确是1997年被盗走失踪的四门塔中心塔柱东面佛头"。

当宣布鉴定结果之时，法鼓山大家长圣严法师正好前来精舍，除了向两位所长致谢问安，那么老远从山东济南的长途跋涉，为法鼓山奉献心力，致以十二万分谢意外，并向佛头顶礼膜拜，接着请益两位所长有关此佛头像的种种，与其殊胜因缘。之后，在众人见证下，刘凤君教授开立了"鉴定证明书"，一式两份，即山东大学与法鼓山各存一份。

佛头原乡，朗公驻地

这一尊历经鉴定的石雕佛头像，其历史原乡——四门塔，是历史上山东历城神通寺著名的古塔寺。关于此，拟作一述。首述神通寺。

今之神通寺，在山东济南市东南80华里，柳埠村东5华里，即地处济南、泰安之间的公路线上。早在上一世纪初期，就曾为日本学者关野贞与常盘大定二人，于1921年9月到实地考察过，不仅有现地考察的图照刊载,亦有相关的论述,而且再版多次。首版为1925—1928年,以《中国佛教史迹》(共5册)之名出版。其后常盘大定以此套书为基础,再加上当时调查的儒教、道教等资料,于1939—1941年,由法藏馆以《中国佛教史迹》(共12册)之名出版。然此套书因于二次大战期间,大都遭致烧毁。故于战后,即1975年4月时再版,改以《中国文化史迹》(共12册)出版。前述二套,国内不易见及,倒是最后一套,较易查阅到。此套再版书中,可见及有关神通寺的图照,共收录了"神通寺全景、神通寺朗公塔——即唐代造的龙虎塔、神通寺朗公塔(部分)、神通寺四门塔、四门塔西方佛、北方佛……等二十九铺图照"。再者,欧洲早年著名的中国雕刻学者喜龙仁于1925年出版的 *Chinese Sculpture* 一书中,亦有相关的图照与记述,即"四门塔、北方佛全景、北方佛、东方佛"4铺。当然,此等调查研究,亦成为今日重要参读援用之文与注脚。

众所周知,"要知神通寺,必从朗谷起"。著名的神通寺,从诸家专文知,为五胡十六国时期前秦苻坚僧朗所住之处,通称朗公谷寺。隋代开皇三年(583年),文帝以"通征屡感"之故,改曰神通寺之名(《泰山道里记》)。僧朗为山东佛教开基之祖,在中土佛教史上占有重要地位。《水经注》记,僧朗少时事佛图澄,硕学渊通,尤明气纬,盖得其当。得道后,于关中讲说。从《高僧传》"竺僧朗传"知,朗公于前秦皇始三年(351年)移泰阴,与隐士张忠化游方外。然张忠为前秦苻坚所征,西去后,朗公即于金舆谷昆仑山建一精舍,常驻于此,因而世间即称地为朗公寺,精舍则为朗公谷山寺。然此座昆仑山,或为昆嵛山之误,或称金舆山、金庐山、琨瑞山,因而其名称未定,颇为困扰。不过,从当地现今介绍"四门塔"的资料,即"古塔耸立在一座长满柏树的小土丘上,背倚青龙山,西临金舆谷"

的一段，即可知之"金舆谷"已是依历史记载下约定俗成的使用之名。

僧朗驻足于此后，秦王苻坚因慕其德，曾召见。南燕主慕容德亦慕其迹，假号东齐王。晋主孝武帝、后燕主慕容垂、魏主拓跋珪，皆曾送书致敬，后秦姚兴亦加叹重，故实为一代伟僧。苻坚曾沙汰僧徒，特下诏昆仑一山不在搜列之处。

因缘于此，神通寺在北魏时代，据传有金铜的高骊像、相国像、女国像、吴国像、昆仑像、岱亨像（《续高僧传》"魏僧意"）。神通寺的创建，除前述的朗公自身而立的精舍一说外，亦有南燕主慕容德为僧朗禅师所立一说。即当时燕主调用二县之民，给于朗公，并散营寺院，上下诸院，十有余所，长廊延茅，千有余间。然而此等壮丽之寺，到北周时，神通寺皆归于毁灭。到隋代开皇十四年（594年）文帝为岱宗柴燎时，昙迁从驾，即时奏请，修建神宝、灵岩二寺，使此地蒙再兴之敕，且由当时河南王檀越，使其耳目一新。唐时，著名的义净，齐州人，7岁时亲侍本寺的善遇法师、慧智禅师，且大受感化。

四门塔可说是中土目前现存的最古老石塔之一。塔为一座石筑单层的方形塔，四面各辟有一半圆形拱门，故自宋代以来，即被称为"四门塔"，通高15.04公尺，每边宽约7.40公尺，全部用当地出产的大块青石砌成。至于其塔内外大小，在关野贞的调查中，有详细"平面图"的记述。即宽为24尺3寸，壁厚2尺6寸7分，内部中央为5尺8寸的大面壁体空间，其四面有宽3尺的佛坛，坛上各面造有石佛3尊像。

此塔形制，颇值一述

塔，全为石砌筑造。檐部挑出，叠涩5层，塔顶用33块石板层层叠筑,并且砌成四周攒尖方锤形屋顶。顶端,先有一基座,其上有四角山华蕉叶构成的刹座承花,其上再有覆钵,以及五重石造相轮及宝瓶而成。整体轮廓,简洁明朗,形体则浑厚朴实。

塔内,上有 16 根三角形石梁,中心为石砌方形塔心柱,每面各有 3 尊石像,然左右胁侍皆已不存,只剩下正中的主尊佛坐像。每尊像以整块的汉白玉石,或称白石、大理石雕成,皆螺纹发髻,盘腿端坐,有的双手叠置腹前,作禅坐姿态;有的一手抚于膝上,一手扬起。

至于此塔创建,早年的关野贞报告,即依于《泰山志》《艺风堂金石目》,在四门塔上有东魏(武定)二年(544 年)造像铭记,定为东魏造像。其铭记,即:

武定二年,乙卯朔十四日戊辰。冠军将军司空府西阁祭酒齐州骠大府长流参军杨显叔。仰为亡考忌。十四日。敬造石像四区。愿令亡者。生常值佛。

然而,此铺造像记中未言及造塔之事。再说,造塔是个大事,依多年释读南北朝造像记文知,若有造塔,不可能不言及。再者,北周灭佛时,神通寺一地遭致严重毁坏。再者,目前所知的东魏塔形,甚少有如此方形的单层石塔,因而此塔创建时代,留下相当长时间的迷惑难题?这个疑惑,似是在梁思成的中国古建田野调查时才解答出。梁思成在其 1943 年出版的《中国建筑史》一书中,言及四门塔为"隋大业七年(611 年)"所建。此说,正与大陆 1972 年大修四门塔时,从塔顶内部拆下一块拱板石上,刻有"大业七年造"字样,正相吻合。再者,在塔心柱内还发现有一个舍利函,函内有隋代五铢钱，两相印证，可知四门塔是隋代后期建筑物。相对的，塔心柱上的四方佛坐像，亦迎刃而解，确知是"隋代后期之物"。换言之，再过7个年头，即是进入所谓的唐代了。

石佛头像，隋代极品

此尊佛头，因为年代的确定，促使其造像价值，更益显发。原本即是北朝山东地区重要的代表作品，然而，造作时代不知。现在则因年代的确知，即隋代后期之作，直接地延伸了此地北朝造像形式与其时代风格的纵深跨度。特别是，近年山东青州造像大量出土，逐步填满过去极度晦涩的东魏、北齐断代造像之后，尤其是山东地区的北齐段，令人清楚见及北朝至隋代间，整个山东造像相互对应印证的独特时代性。

若就此尊佛头言，其时代的独特性，即在于山东一地的长期造像传承与衍变，以及隋代这一时代的特有造像形式与风味。细细端视，整个佛头像，简洁、浑厚、重实、明朗，是其予人的印象标记特征。其简洁、明朗在于颜面单纯线式的曲度变化与律动搭配扣合上。从图一正面像观之，大而舒畅的双眉曲度开展，为此颜面画出祥和静谧的有形线式语汇，沿着挺直秀致的鼻梁，正缓缓地定着于纯净浑然的秀丽唇角曲度变化。当然，整体浑厚量体与重实丰腴的颜面容积，正是赋予各面曲度线式宽广驰骋变化的空间。这样颜面五官所显示的有形线式曲度，正与其上额际无形的发式曲度律动，正相俾合，有如自然而然地静谧沉淀升华般。事实上，这是此尊佛头像整体形制结构，最为静致的语汇与其发声。若是没有发际这道平整宽阔的无形线式律动搭配扣合，其宽大厚实眼睑与其明显曲弯眉脸，是不易尽达如此静谧舒坦的平和冥思之境。

当然，这道发际线式的"无形感"，来自于螺纹发式的造作与其螺纹大小有序的排列组合上。如果您细细端看，从正面螺发纹看到两侧面及侧背后，到正后头部，即可知之，那是极度用心的排序组合。事实上，现地其他三面头像螺发之纹，不若此尊之慎重，至少在后头部分，没有这般完整地雕造出来。

低肉髻的螺纹发式，是此尊佛头标记，尤其粒粒有如铿锵有序般的整齐排列，更令人油然欣悦，亲近法喜。事实上，螺纹发式不盛于北朝，若不是近年青州造像的大量出土，还不知此种螺发早已出现于北魏时期了，尤其是青州一地。从青州造像的排比中，大略可知在太和期之后，便有相当数量的螺纹发式出现。此时螺发还保留北魏高肉髻的表现形式，因螺发肉髻极高，令人有突兀之感。其后渐渐低平，然而仍是直立高耸风味。直到东魏起，虽直立但渐宽广，已朝向浑圆量体之感。不过，一般言，最美的螺纹发式，应是北齐，不仅变化多样，且韵味十足。例如，在一颗螺纹中，竟有4瓣或5瓣的旋转发纹，这样整整齐齐地排整布满整个头像，就可知其庄严之境了。当然，像此尊这般，并非是圆突状的螺纹，而是一颗颗粒状，尤其是近于圆锤尖状的螺纹，就并不多见了。细细看，此圆锤尖状螺纹，其上还有一圈圈的细圆圈纹刻造呢！这个，确是极度高难技法的驾驭运用，堪称是螺发形式中高标水准的刻描技法，虽是一颗颗立体螺纹，然其上，却作一圈圈平面刻描一般。此融技法，即是此佛头像的不平凡优势之处，更是此类螺纹发式的极罕见价值之美。

本文作者系台北艺术大学美术史研究所教授

中国台湾《艺术家》杂志2002年12月（总331期）

千年古佛重生记

温涛　高祥森　张中

四门塔阿閦佛佛头昨天回归佛身，修复完成。本报记者见证了佛头从运回济南到回归佛身的全过程。

警方专车押送　法师寸步不离

12月17日是四塔阿閦佛佛头回归的日子，护送佛头的飞机将于当天下午2时50分抵达济南国际机场。这天天公作美，济南的天气一改持续的大雾，变得晴朗起来。

14时左右，本报记者一行3人抵达机场，此时已经有一大堆媒体的同行和省、市文物保护部门的工作人员在候机楼大厅内外等候。

经过严密的机场安检后，记者们随文物保护部的迎接人员进入机场内。距飞机抵达还有一段时间，但记者们进入机场后，许多人都按捺不住激动的心情不时边望天边看表，而且是一听有飞机的轰鸣声就兴奋起来。

在迎接的人群中，记者遇到了四门塔风景区副主任刘继文，他满头是汗，脖子上挂着相机、摄像机。他说，四门塔已经做好了充分的接待准备，并已经于12日将复制的佛头卸下。届时，护送到的佛头将由济南市文化局派专家进行安装。

14时48分，激动人心的时刻到来了。随着天空中一阵轰鸣，机身颜色红白相间的飞机终于出现在视野中。2分钟后，停稳的飞机舱门打开，记者们的目光和镜头对准了舱门。其他客人全部下机后，护送团的成员们才陆续下机。据了解，台湾前来山东护送佛头回家的，是圣严法师带领的25人的护送团，加上济南的迎请团7人，队伍可谓庞大。

佛头在哪里是大家最关心的，大家争先恐后占据有利地势，争睹千年佛头的风采。但遗憾的是，在海关和边检人员验收后，出现在记者们面前的却是四个精壮小伙子抬着的半米见方的棕色大箱子，佛头根本看不到。据解释，由于佛头太大，为运回济南，人们只好把佛头装在特别设置的箱子里，负责承运佛头的东方航空公司甚至把飞机最后一排座位都拆了。

15时8分，在这个浅棕色大箱子被抬出机舱后，大家目光纷纷盯上紧紧相随棕色箱子的一位精神矍铄的老者，这位老者就是为四门塔佛头回归立下汗马功劳的圣严法师。刚一走下扶梯就立即被记者们团团包围的他说的第一句话是："我很欢喜，佛头终于回到了原来的地方。"装佛头的棕色箱子被放在一辆FREECA轿车内，在征询圣严法师乘坐哪辆车时，法师说他愿意和佛头近些，于是就上了这辆FREECA轿车。

佛头由警方专车押送，并由警车开道，各新闻单位采访车尾随其后。二三十辆大小车辆，一路浩浩荡荡开向距济南机场60多公里的四门塔景区，圣严法师乘坐的车辆紧紧跟在押送佛头的警车后面。当天17时5分，国宝交接仪式在四门塔下的神通寺举行，历经颠沛流离的千年佛头终于回到故里。

在车队出发前，济南市文化局局长邹卫平，也是赴台迎请团的领队，在第一时间接受了本报独家专访。

他告诉记者，这次济南共有7人去台湾迎请佛头，在圣严法师以及有关方面的密切配合下，整个过程非常顺利。迎请团在16日参观了在台北举行的"流转·聚首——祈愿山东四门塔阿閦佛重生"的展览，他们去时已是展览的最后一天。去看展览的台湾民众有2万人之多，展览现场还特意按照80%的比例复制了一座四门塔。台湾的参观场面很令人感动，几乎每个参观的人看完展览都写了祈福签，祈福祖国大陆、祈福两岸的发展。邹卫平说，在台湾举行佛头交接仪式前，几位赴台专家又对佛头进行了重新鉴定，确认无误。

细说回归之路　法师真情流露

护送佛头的车队到达四门塔景区时，天已经黑了。交接仪式安排在景区内的大会议室，会议室内早已挂上了"国宝回归交接仪式"的红色条幅。装着佛头的大箱子被抬到会议室前的台子上，有关人员缓缓打开了箱子：清净、睿智、慈祥、沉静、优美的佛头，呈现在人们面前，人们等待已久的时刻到来了！记者们早已经把佛头围个水泄不通。

在将记者们稍作安顿后，17时3分，济南市文化局副局长崔大庸博士郑重宣布交接仪式开始。他激动地说："佛头经过5年多的颠沛，终于回家了！这要归功于法鼓山基金会和圣严法师……"

圣严法师在致辞中简单介绍了佛头在台湾的发现、鉴定以及决定送还祖国大陆的经过。他说："这么巧，有佛教弟子将佛头送给我们基金会，佛头是从哪里来的呢？我找到了台北艺术大学的林保尧教授，正巧他是研究山东佛教造像艺术的，他从时间、造型、大小等方面认为可能是四门塔的佛头。但为稳妥起见，我们又联系到了山东大学的刘凤君教授进行鉴定并促成送还祖国大陆一事。刘教授到台湾，一见这个佛头就说'是的，就是四门塔的'。我问他为什么？他说，肯定的，这就像一个孩子看到母亲一样……"

圣严法师说，他自己是读书人，对于文物保护非常重视，曾经到祖国大陆和印度等地，看到被破坏的文物，非常心痛，看到石雕佛头，就好像自己的头被砍一样。这是祖先的智慧和遗产，子孙不肖，将其破坏了。自己希望抛砖引玉，引起人们的重视。

他深情地说，此次佛头回归，意义非常重大，以此唤起人们重视文物的保护，而不是收藏。他自己也有博物馆，但主要是创作，他希望其他博物馆也是这样，而不是把人家的文物藏起来。圣严法师的讲话两度博得热烈的掌声。

交接仪式上，四门塔风景区管委会刘继文副主任的妻子，按捺不住激动的心情，哭了起来。她说，为了这一天，景区的人们盼望不知多久了！

佛头牵着两岸　文化血脉流畅

18日14时，圣严法师和林保尧教授一行到山东大学进行了访问。林保尧教授做了专题学术演讲。他对自己研究的山东史迹源考、青州造像艺术、佛头回归记等做了介绍。详细的史料图片、严谨细致的讲解让两岸学者之间没有了距离，台湾学者对祖国大陆文物风情的熟稔，让人感到割舍不开的文化血脉。

佛头的回归，对四门塔景区而言，具有历史意义。景区刘继文副主任曾与刘凤君教授到过台湾，为了表达激动的心情，在佛头回归之日，他就撰写并组织人员在景区挂起了两条长长的红条幅："佛头回归，促进祖国统一大业；保护文物，承启灿烂中华文明"。他说,以前每到四门塔,心情总是难以言传,多么希望真的佛头早日归来啊。

安装过程细密　石匠立下功劳

在佛头回归之前,安装佛头的准备工作就已经悄然开始了。原来佛身上的复制品佛头,早在12日就被小心翼翼地取下,来自济南考古研究所的专业工作人员,专门负责佛头的"安装"。

18日上午,记者在四门塔看到,工作人员已经将四门塔东面的佛身用粉红色的棉被裹了起来,佛颈处的被子被扎紧,露出颈部平面。工作人员介绍说,在佛身上裹被子,主要是为了安装佛头时减少不必要的摩擦和破坏,最大限度地保护佛像。

在东边佛像周围,工作人员还用钢管搭起了支架,以供安放佛头使用。在四门塔东面的坡上,还用竹排和支架搭起了一个平台,是为了举行揭幕仪式时做场地之用。

19日,记者再次来到四门塔景区时,工作人员已经将佛头安装到佛身上。据工作人员介绍,这活看着简单,实际很复杂。据悉,安装工作从上午10点多开始,但是按照规定,佛头的安装是工作人员在闭门保密的情况下进行的。外人一律不准进入塔内,直到佛头安装得差不多了,才对记者们开放。

在佛头安装的3天时间里,记者通过有关渠道获悉,佛头的安装大体有四个过程:在复制佛头取下后,先用丙酮酸对佛像颈部进行清洗,去掉接口处的杂质;然后用环氧树脂将佛头与佛身粘接,进行局部加固;其后,用环氧树脂胶泥补配,填补茬口;最后,按照文物修复"修旧如旧"的原则,对粘接处进行表面修旧,使佛头与佛身看上去浑然天成，恢复原貌。

台北艺术大学的林保尧教授，19日专程冒着严寒从省城赶来，在施工现场又拍又写，详细询问修复的过程。他说，受圣严法师的嘱托，他要把佛头的修复过程详细记录下来，回到台湾后写成专门的学术报告。他说，他还要为一本名为《艺术家》的杂志撰稿。

为了详尽记录安装过程，林教授连施工工作人员的名单也记录了下来，他们默默地为国宝复归付出了自己的汗水。尤其值得一提的是梅兴武，他是附近苏家庄的石匠，常年做石雕，手艺高超。文物工作人员介绍，如果没有石匠的帮忙，是无法完成佛头的安装的。

据悉，应法鼓山基金会的要求，济南方面还把回归的佛头做了一个复制品，一个月后，台湾方面将派人前来取回，以留作永久纪念。

修复不落疤痕　古佛重现风采

12月21日上午，四门塔景区。"济南四门塔阿閦佛古石雕像回归修复揭幕式"隆重举行。济南市政府有关部门、来自台湾的护送团以及灵岩寺的法师，还有闻讯赶来的市民，齐聚在四门塔，共同见证了这一盛事。

圣严法师和济南市副市长陈国栋共同为佛像回归揭幕，圣严法师主持开光仪式。济南市还特别将事件始末刻一纪事铭，并将纪事铭拓片和佛头复制证书，致赠给法鼓山作为纪念。邮政部门还特别发行以四门塔及阿閦佛为封面的纪念封邮册，台湾和祖国大陆为此事作出贡献的人们共同在纪念封上签字留念。台湾民众的祈福资料也将在四门塔永久保藏。

记者在现场看到，身首合一的阿閦佛像，仍是一副禅定的姿势，但和 18 日本报记者看到的无头佛像完全不同。阿閦佛如今看上去几乎完好如初，脖颈断处根本看不出修复过的痕迹。施工人员高超的技艺令人赞叹不已。

圣严法师说，他认为，法鼓山将这尊隋代古石雕佛头送回四门塔，是兼具文物及宗教的意义。"在文物方面，这尊将近 1400 年的佛头像是先民智慧的遗产，其价值是不可计算的。佛像身首异处，是很遗憾的，因此能够送回四门塔，是很幸运的，看一尊完整的佛像总比一个佛头要好……台湾和祖国大陆，在文化、民俗和血统上，都是相通的。"

四门塔石雕佛像重现了历史风华，两岸共同写下保护文物的佳话！

《齐鲁晚报》2002 年 12 月 22 日

失窃国宝,岁末叩响家门
——山东四门塔千年古佛重生纪事

白敏

2002年12月17日,这一天,山东济南四门塔内一尊失窃的千年古佛经过5年劫难流转之后,在台湾法鼓山基金会圣严法师的护送下终于完璧归赵,叩响家门。

寻亲·认亲

1997年3月,山东济南神通寺四门塔内的佛像艺术珍品阿閦佛佛首突然被盗。当地民众异常震惊。后经大陆警方查实,这一中华民族的艺术珍品已流落海外,音讯杳无。

斗转星移,转眼5年时间过去了。2002年3月,山东大学美术考古研究所所长刘凤君教授意外获得阿閦佛首的音讯:数日前,台湾法鼓山基金会收到了一尊由海外信徒捐赠的佛像,基金会创办人圣严法师委托台北艺术大学教授林保尧先生正在为其寻找原来的佛身。凭借一个考古工作者的敏感,刘凤君教授意识到这可能就是四门塔流失的国宝。

刘凤君1978年毕业于北京大学考古专业,现为山东大学教授、博士生导师,在考古学与雕塑艺术史方面颇有研究。这个消息对视文物为生命的刘凤君教授来说,可谓是天大的喜讯,但他的心久久不能平静。刘教授说:"我心里既高兴又担心。高兴的是终于有了国宝的下落,就像得到走失亲人的音讯一样开心;担心的是不知收藏他的主人是否愿意割爱。"

正在刘凤君教授为佛首亦喜亦忧的时候，从台湾法鼓山基金会传来喜讯：基金会的圣严法师说，如果佛首真是四门塔之物的话，他将无偿将其归还，但此前仍需进一步鉴定。

2002年7月18日，刘凤君教授带着他采集的佛像石料及相关资料飞赴台湾。在法鼓山基金会，一见面，法师脱口就问："刘教授，你根据什么鉴定你们的佛首呢？"

刘教授不假思索地回答："大师，我是来认亲的，四门塔的佛像就像家乡的亲人一样，丢失之前我们经常见到她，太熟悉了。现在他丢失了，流落到台湾，大师您收留了她。只要一见她我就认得出来。"

圣严法师连连点头，"好！刘教授你是来认亲的，明天你就会见到佛头像，但愿她就是你们的亲人。我们得到这件佛首，本来可作我们法鼓山的镇山之宝，但我想原来的地方更适合她。"

2002年7月19日，在法鼓山基金会的中山精舍，刘凤君教授见到了久别的佛首。圣严法师也是第一次见到这尊佛首。他轻轻摸着佛头说："刘教授，他是不是你们的亲人？"

"是，就是我们久别的亲人！这就是雕刻佛像用的石料。"刘教授将从济南带去的石料标本递到法师面前，并从佛像石质、雕刻技法、艺术效果、自然风化程度、佛像的尺寸、被盗时所锯的锯痕等多方面作了比对鉴别，最后得出结论：这就是山东济南四门塔失窃的佛首。

告别·聚首

位于山东省济南市南部山区柳埠镇的神通寺，始建于公元351年，是山东最早的佛教寺院。几经兴废的神通寺在风霜雨雪中已成历史的陈迹，如今人们只能从不同时代、不同尺寸、雕刻精美的柱础中，想象神通寺当年的精致与辉煌。

四门塔位于神通寺遗址的东侧，建于中国隋代后期，距今已有近1400年的历史。四门塔的塔心柱四面各有一尊菩萨和弟子，目前只剩下主佛。这四面主佛分别是阿閦佛、无量寿佛、保生佛、微妙声佛。每尊佛像都是用整块大理石雕刻而成。佛像皆螺发肉髻，颜面丰圆，额广平正，细眉慈眼，隆鼻长耳，嘴角上扬，安详恬静的神情似在向世人娓娓说法。佛像雕刻细腻传神、刀法流畅、纹饰清晰，极具中国文化、艺术的审美精神，是佛教艺术珍品。阿閦佛是四门塔塔心柱东面的佛像。

为了让更多台湾民众一睹千年古佛风采，了解与大陆同根同祖的文化情缘，一场别开生面的《流转·聚首——祈愿山东四门塔阿閦佛重生》的展览于2002年12月1日至15日在台北孙中山纪念馆举行。台北民众争相前往，从阿閦佛头像上领略到虔诚的宗教情怀和巧夺天工的艺术造诣；更从佛像将重回佛身的故事中感受到保持承传古文物是每个华夏儿女的义务与责任。

在征得共同捐赠人的同意后，法鼓山基金会决定"让佛首回归佛身"，以法鼓山的义举唤起所有人对古迹文明的尊重与维护。

2002年12月14日，山东省济南市文物保护协会会长邹卫平先生应邀专程赴台鉴定确认迎请佛首回家。在阿閦佛石雕头像前，圣严法师将"愿两岸永远和平，愿世界永久平安"的祈愿纸装进小小的祈愿木中，连同代表台湾民众美好祝愿的23枚祈愿木一起转交大陆来的迎请团，带回四门塔永久珍藏。

2002年12月17日，年逾古稀的圣严法师不顾长途劳顿亲自护送千年古佛回家。无论是在飞行的空中,还是在抵济后赶往四门塔的路上,圣严法师寸步不离地守护着佛像,直至到达四门塔。他说:"当这尊面带慈悲微笑的古佛头像出现在我面前时,我心中的感动与欢喜是难以形容的。我强忍住夺眶而出的眼泪,立即拜下去,就像流离失所的孩子叩拜重逢的慈母。"圣严法师说,他相信这尊佛首来到台湾是为台湾各界人士广种福田、广结佛缘来的,是为海峡两岸带来和谐、增长文化交流与友谊来的。

大陆参访团团长、济南市文物保护协会会长邹卫平先生提到这次赴台迎请活动时,感慨万分:"没想到交接工作进行得这么顺利!为什么从见到佛首的第一眼开始圣严法师就坚定了无偿送其还乡的信念呢?我想这与海峡两岸共同的文化背景、共同的文化情结、共同的文化血脉是分不开的。博大精深的中国文化就有这样一个凝聚力,不管佛首如何流转,他的聚首是必然的。大陆与台湾的聚首也将是如此。"

2002年12月21日,经过3天紧张的修复工作,阿閦佛终于身首合一。看着失而复得的国宝回来,四门塔景区的许多工作人员都哭了。如今,济南神通寺四门塔内的阿閦佛又是一副禅定姿势了,脖颈断处根本看不出修复过的痕迹。

在济南四门塔阿閦佛古石雕像回归修复揭幕式上,圣严法师说:"在文物方面,这尊将近1400年的佛头像是先民智慧的遗产,其价值是不可计算的。佛像身首异处,是很遗憾的,因此能够送回四门塔,是很幸运的,看一尊完整的佛像总比一个佛头要好……台湾和祖国大陆,在文化、民俗和血统上,都是相通的……"

《人民日报》(海外版)2003年1月8日

五 阿閦佛头像回归纪念大会

山东首届佛像艺术研讨会
暨四门塔阿閦佛头像回归一周年纪念大会

2003年12月17日至22日,是四门塔阿閦佛头像回归一周年纪念日。山东大学美术考古研究所经过半年多的准备,联合济南市历城区人民政府在四门塔西侧的四季村宾馆主办了"山东首届佛像艺术研讨会暨四门塔阿閦佛头像回归一周年纪念大会"。在会议准备的过程中,历城区政府谭书记和徐区长等领导多次认真研究会议的中心议题,强调加深对佛头像回归意义的认识,并出资赞助会议,使纪念会得以顺利召开。

2003年9月10日下午,在青岛市汇泉王朝大酒店816房间,刘凤君教授见到了圣严大师。刘教授郑重地邀请大师届时前来参会并演讲,大师说:"一周年开会很有意义,会进一步引起大家的重视。我把佛头送回来,就算做完了这件事,因为你刘教授鉴定是真的,你是专家,我们信任您,所以我们就把他赠送回来。你们美术考古研究所举办这样一次会议,非常有意义,应该举行,只是今年12月中旬,联合国派我作为特使到中东,还有埃及对各宗派之间做调解。我是作为文化使者争取和平,这件事更重要,所以不能参加你们的会议了,到时我会安排人员参加会议,祝你们的大会圆满成功。"

这次纪念大会非常隆重，来自北京大学、兰州大学、郑州大学、河北工业大学、台湾文化大学、台北艺术大学、河北省文物局、山东省石刻艺术博物馆和山东大学以及山东各地、市、县研究佛像艺术的40多名专家学者参加了会议，收到学术论文33篇。山东省政协副主席、山东省宗教委员会主任、统战部齐乃贵部长、孙传宏副部长和山东大学于修平副校长等领导参加了该会开幕式并做了极为重要的讲话。

各位领导和与会专家对这次研讨会给予非常高的评价。2003年12月17日至22日是四门塔阿閦佛头像回归一周年的纪念日，在这个时间举办两岸学者高层次的学术研讨会，对山东地区乃至全国的佛像艺术展开全面深入的研究，认真分析探讨阿閦佛头像回归的历史意义，进一步提高全民族保护文物的自觉性，加强海峡两岸的文化交流，努力争取使更多的流失文物早日回归故乡。大家相信：通过这次海峡两岸专家学者的深入研究和讨论，我们与台湾法鼓山文教基金会已建立起来的密切的文化交流和合作关系将会得到进一步发展。各位领导和与会代表还一致认为：这次佛像研讨会不但是山东的首届研讨会，而且从全国范围来讲，也是第一次召开区域性的佛像艺术综合研讨会，它将对中国佛像艺术的研究产生极为深远的影响。

《阿閦佛头像回归纪实》首发式
暨阿閦佛头像回归两周年纪念大会

2004年12月17日上午，山东大学美术考古研究所主办的《阿閦佛头像回归纪实》首发式暨阿閦佛回归两周年纪念大会在四门塔景区内古塔山庄举行，山东大学美术考古研究所所长刘凤君教授主持。入会代表主要有兰州大学杜斗城教授、河南大学教授温玉成教授和原历城区文化局戴月局长、四门塔文管会刘继文副主任以及山东大学研究生等十余人参加了座谈会。

首先由著者刘继文副主任介绍该书出版之经过。随后温教授对该书的出版及史料价值给予了首恳，并建议不要去卖书，要送给社会各界，可以收到很好的宣传效果。戴月先生在发言中谈到任职期间对该处文物保护的想法及采取的方式，对佛首回归和该书的出版深表欣慰。刘凤君教授做最后总结发言，他认为回归佛首的工作虽然宣告结束，但该事件的产生影响深远，回归一周年的学术交流会和刘继文同志的书都是其中之一，今后我们还会有大量的工作围绕着回归工作而开展。刘凤君教授所指导的佛教考古，美术考古的研究生也发言表示意义重大和祝贺出版。

发言结束后，与会代表参观四门塔，参拜阿閦佛，并合影留念。

济南电视台、历城电视台在18日晚新闻中都播报了该活动的实况。历城报全文刊发了刘凤君教授为《阿閦佛头像回归纪实》撰写的序言，使这次纪念活动产生了一定的社会影响。

神通寺石刻造像保护与研究座谈会暨
四门塔阿閦佛头像回归十周年纪念大会

2012年12月17日,山东大学美术考古研究所与济南四门塔文管会联合在四季村宾馆主办"神通寺石刻造像保护与研究座谈会暨四门塔阿閦佛头像回归十周年纪念大会"。与会代表有30余人,济南四门塔文管会王海霞主任主持,山东大学美术考古研究所所长刘凤君教授致开幕词,山东工艺美术学院张丛军教授、济南市文化局邹卫平局长等做了重要讲话。

善缘好运,和喜自在
(大会开幕词)

刘凤君

尊敬的各位领导、各位法师、各位来宾、女士们、先生们:
上午好!

今天,12月17日,是一个令人难以忘怀的日子。十年前的今天,台湾法鼓山文教基金会董事长圣严法师一行向四门塔捐赠阿閦佛头像。这一功德盛举,将永远令人缅怀,永远为人歌颂,将永垂青史。

今天我们站在阿閦佛像前,肃然敬仰之情油然而生。圣严法师虽已驾鹤西去,升座西方极乐净土,看到阿閦佛,一代禅学宗师、现代佛学开创人之一圣严大师的风姿神逸、谈笑风生犹在眼前走过,在耳边慧心说法。圣严法师善莫大焉。

四门塔阿閦佛头像回归已经十周年，经过十年的深思熟虑和时空的沉淀，我们越来越认识到阿閦佛头像回归意义的重大，随着时间的推移和社会的进展将更显出它深远的历史意义。

在我们济南人眼里，神通寺与四门塔内佛像不但是法苑明珠，而且也是济南文化的重要象征之一，他是济南人的骄傲。1997年3月7日深夜四名不法分子盗走了阿閦佛头像。国宝丢失，世人震惊，不法分子的铁锤砸掉了阿閦佛头像，也敲痛了济南人的心，损毁了济南人的荣誉感。

我们还清楚地记得，2002年12月17日，丢失5年之久的四门塔阿閦佛头像回到了济南，就像流落它乡的孩子投进了母亲的怀抱。济南人高兴了，奔走相告。圣严法师向四门塔捐赠佛头像的功德盛举，似乎也感动上天苍穹，连续十几天的雨雾天突然变得云开雾散，阳光灿烂。12月19日，佛头像安然准确无缝地接到了佛身上。12月21日，圣严法师、明哲长老等大德高僧亲自为法体合璧完整的阿閦佛隆重开光。圣严法师将覆盖在阿閦佛身上的红布微微拉下时，阿閦佛重生了，闪着昔日耀人风采的同时，又厚载着海峡两岸可歌可泣的文化殊缘。圣严法师送回阿閦佛头像，送回了济南人的尊严。

四门塔阿閦佛头像丢失，世人痛心疾首；寻找佛首，五年苦觅断肠；佛首回归过程，又是感天动地；阿閦佛完璧禅定四门塔，十年的护法功德更是令人欣慰。从痛失佛首到佛首回归再到今天，这十五年的历史荡心回肠。留下了不知多少完善的心灵，留下了不知多少动人的记忆。

1997年3月7日佛头丢失，山东省立即列为文物大案，济南市公安局组成专案组，在全国公安系统的协助下，全力侦破此案。仅从1997年至1999年的两年时间里，他们的足迹就遍及10多个省、市，行程10多万公里，抓获了3名不法分子。虽然阿閦佛头像仍是下落不明，但震慑了不法分子，壮了国威。

2002年初，台湾法鼓山弟子向圣严法师捐献他们在海外重金买的石雕佛头像。圣严法师当即指示：请"查这尊古石雕佛头像出处，其佛身尚在否？如能让此尊佛头像回到原处，让古佛像恢复旧观，为中华历史文化之保存尽一份心力。实为佛教无私无我精神之阐扬，远比保留在法鼓山佛教博物馆更有意义"。师傅的胸怀天地宽，遵师宏教，法鼓山弟子为此做出了最大努力。

2002年3月15日我收到台湾艺术大学林保尧教授寄来的阿閦佛头像照片，当时的由少平处长、鲁文生馆长、张从军处长、邹卫平局长、崔大庸副局长、戴月局长、刘继文副主任和崔桂军主任等看过后都认为就是我们的阿閦佛头像，当时他们的高兴今天仍然叫人感到鼓舞。当时我向济南市历城区区长谭延伟作了汇报，谭区长当即表示：历城区政府一定全面配合把阿閦佛头像找回来，并随后拨给我们去台湾鉴定佛头像的经费。

7月18日，我和刘继文副主任应邀赴台对四门塔阿閦佛头像进行鉴定。在为我们举行的接风晚宴上，刚开始圣严法师就急切地问我："刘教授，我们请你来鉴定一件我们双方都初步认为可能是你们四门塔的佛头像，你怎样鉴定？根据什么呢？"我也没思索，便情有所系地回答说："大师，我们是来认亲的，四门塔的佛像就像我们家乡的亲人一样，她丢失了，流落到台湾，大师您收留了她。丢失前我们常常见到她，太熟悉了，只要一见到她，我们就认得出是她。我们都盼她能早日回家。"圣严法师连连点头说："好！刘教授你是来认亲的，明天你就会见到佛头像，但愿她就是你们的亲人。如果是你们的亲人，我会亲自把她送回去。"我与法师的简单对话，赢得了到席 10 多位专家的赞语。我们都是炎黄子孙，一谈到亲人，大家都心心相印，融为一家了。

8月1日我向山东省政府蔡秋芳副省长作了书面汇报。22日下午，蔡秋芳副省长在他的办公室接待我和由少平处长，她听了我们的汇报后说："这件事是大好事，一定要认认真真做好。"蔡副省长为迎接佛头像回归还召开过多次协调会。

10月12日，为了使佛头像顺利回归，我向济南市市长谢玉堂作了书面汇报。谢市长做了认真批示。济南市成立了以邹卫平为会长的济南文物保护协会，他们和四门塔风景区管委会全体员工共同努力，为阿閦佛头像的顺利回归作出了永载史册的贡献。

今天我们欢聚一起，共同回忆和温馨这一历史的纪念日，四门塔阿閦佛头像的顺利回归，为众多流失海外文物的回归作了一次意义深远而又十分成功的尝试，我们要学习圣严法师主动、自觉保护文物的精神，提高我们保护文物和研究文物的自觉性。

今天是令人缅怀的12月17日，谨祝愿座谈会圆满成功！祝愿大家与阿閦佛结缘，善缘好运，精气神和，和喜自在！

谢谢大家！

六 阿閦佛头像回归大事记

隋大业七年（611年），建四门塔。

1961年3月4日，国务院公布济南四门塔为首批全国重点文物保护单位。

1996年，四门塔阿閦佛像颈部被盗佛人锯了三道印痕。

1997年3月7日，阿閦佛头像被盗。

1999年9月至2001年12月，先后抓获犯罪嫌疑人李栓群、杨英利和李栓辉。据案犯供认，他们四人在盗佛头像后，由柳明奇以6万元卖给一位南方人。

2002年2月，台湾法鼓山圣严法师收到弟子捐赠的、在海外购得的佛头像。

2002年2月28日，圣严法师致意："希望能查出佛头像的出处，佛身安在与否？若能让佛头像回到原处，恢复旧观，远比将其留在法鼓山更具有意义。"

2002年3月3日，山东大学美术考古研究所所长刘凤君教授首先得知四门塔阿閦佛头像流落到台湾。

2002年4月，山东大学刘凤君教授接到圣严法师的邀请函，邀请他前往台湾鉴定佛头像。

2002年5月，山东大学刘凤君教授和四门塔文管会刘继文副主任在四门塔附近找到雕刻塔内阿閦佛像的石材。

2002年7月18日，山东大学刘凤君教授和四门塔文管会刘继文副主任应邀赴台湾鉴定阿閦佛头像。

2002年7月19日，山东大学美术考古研究所所长刘凤君教授在台北中山精舍经过认真鉴定，确认该佛头像应是四门塔东壁的阿閦佛头像。在众人见证下，刘凤君教授开立了"鉴定书"。一式两份，由山东大学与法鼓山各持一份。

2002年8月22日，刘凤君教授向山东省政府蔡秋芳副省长汇报在台湾鉴定四门塔阿閦佛头像的情况，蔡副省长当即指示，要把四门塔阿閦佛头像的回归作为山东省的一件文化大事来做。

2002年9月，台湾省有关方面同意将阿閦佛头像归还四门塔。

2002年11月14日，刘凤君教授向济南市市长谢玉堂递交了关于四门塔阿閦佛头像回归的报告，谢玉堂市长看过报告后非常重视，专门组织成立以济南市文化局为主的"济南市文物保护协会"，并希望和刘凤君教授一起尽快推动和完善迎接佛头像的工作。

2002年11月30日，法鼓山文教基金会在台北孙中山纪念堂举办题为"流转·聚首"的阿閦佛头像展览活动。

2002年12月13日，济南市文物保护协会七人小组赴台迎接佛头像。

2002年12月17日，阿閦佛头像在圣严法师率领的台湾法鼓山文教基金会参访团和济南市文物保护协会代表团的共同护送下，送归四门塔，举行了佛头像正式捐赠仪式。四门塔文管会法人代表张立平主任为圣严法师颁发捐赠佛头像"感谢书"。

2002年12月21日，在四门塔为阿閦佛像的修复完善，举行了隆重的"济南四门塔阿閦佛古石雕头像回归修复揭幕式"。

2003年12月17日至22日，山东大学美术考古研究所和济南市历城区人民政府在济南四季村宾馆主办"山东首届佛像艺术研讨会暨四门塔阿閦佛头像回归一周年纪念大会"。

2004年12月17日,山东大学美术考古研究所主办《阿閦佛头像回归纪实》首发式暨阿閦佛头像回归两周年纪念大会。

2007年6月15日,佛头像盗窃案的主犯柳明奇被抓获。

2009年2月3日下午4时,圣严法师在台北圆寂,享年80岁。

2012年12月17日,山东大学美术考古研究所和济南四门塔文管会在四季村宾馆主办"神通寺石刻造像保护与研究座谈会暨四门塔阿閦佛头像回归十周年纪念大会"。